高等职业教育"广告和艺术设计"专业系列教材
广告企业、艺术设计公司系列培训教材

动漫基础

刘　晨　赵亚华　主　编

D

DONGMAN
JICHU

清华大学出版社
北京

内 容 简 介

　　本书结合动漫设计行业发展的新形势和新特点，针对高职高专院校广告设计专业应用型人才的培养目标，通过解析中外经典动漫案例，系统地介绍了动漫发展概论，动漫策划、创意与推广，动漫造型设计，动漫场景设计，动漫剧本创作，动漫制作及软件应用，动漫教育与人才培养等基本理论知识和应用技能，体现时代精神，力求教学内容与教材结构的创新。

　　由于本书结构新颖、内容翔实、案例丰富、叙述简洁、通俗易懂、突出实用性，并采用统一的格式化体例设计，因此本书既适用于专升本及高职高专院校广告艺术设计、动漫设计、会展管理等专业的教学，也可以作为动漫企业和艺术设计公司从业者的职业教育与岗位培训教材，对广大社会自学者也是一本有益的参考读物。

图书在版编目(CIP)数据

动漫基础/刘晨，赵亚华主编. —北京：清华大学出版社，2011.8
(高等职业教育"广告和艺术设计"专业系列教材)
ISBN 978-7-302-26309-8

Ⅰ.①动…　Ⅱ.①刘…②赵…　Ⅲ.①动画—绘画技法—高等职业教育—教材　Ⅳ.①J218.7

中国版本图书馆CIP数据核字(2011)第149059号

责任编辑：章忆文　陈立静
装帧设计：山鹰工作室
责任校对：周剑云
责任印制：王秀菊
出版发行：清华大学出版社　　　　　　　　　　地　　　址：北京清华大学学研大厦 A 座
　　　　　http://www.tup.com.cn　　　　　　　邮　　　编：100084
　　　　　社　　总　　机：010-62770175　　　邮　　　购：010-62786544
　　　　　投稿与读者服务：010-62776969,c-service@tup.tsinghua.edu.cn
　　　　　质　量　反　馈：010-62772015,zhiliang@tup.tsinghua.edu.cn
印　装　者：北京嘉实印刷有限公司
经　　销：全国新华书店
开　　本：190×260　印　张：13.25　字　数：310 千字
版　　次：2011 年 8 月第 1 版　印　次：2011 年 8 月第1次印刷
印　　数：1～4000
定　　价：39.80 元

产品编号：042230-01

随着我国改革开放进程的加快和市场经济的快速发展，各类广告经营业也在迅速发展。1979年中国广告业从零开始，经历了起步、快速发展、高速增长等阶段，2006年全年广告经营额2450亿元人民币，比上年增长20%以上；2007年全国广告市场经营额收入为3500亿元人民币，比上年又大幅度地增长了40%。全国广告经营单位143129户，比上年增长了14%；全国广告从业人员超过100万人，比上年增长了10.6%。

商品促销离不开广告、企业形象也需要广告宣传，市场经济发展与广告业密不可分，广告不仅是国民经济发展的"晴雨表"，也是社会精神文明建设的"风向标"，还是构建社会主义和谐社会的"助推器"。广告作为文化创意产业的关键支撑，在加强国际商务活动交往、丰富社会生活、推动民族品牌创建、促进经济发展、拉动内需、解决就业、构建和谐社会、弘扬古老中华文化等方面发挥着越来越大的作用，已经成为我国服务经济发展重要的"绿色朝阳"产业，在我国经济发展中占有极其重要的位置。

当前，随着世界经济的高度融合和中国经济国际化的发展趋势，我国广告设计业正面临着全球广告市场的激烈竞争，随着发达国家广告设计观念、产品、营销方式、运营方式、管理手段及新媒体和网络广告的出现等巨大变化，我国广告从业者急需更新观念、提高技术应用能力与服务水平、提升业务质量与道德素质，广告行业和企业也在呼唤"有知识、懂管理、会操作、能执行"的专业实用型人才。加强广告经营管理模式的创新、加速广告经营管理专业技能型人才培养已成为当前亟待解决的问题。

由于历史原因，我国广告业起步晚，但是发展却非常快，目前在广告行业中受过正规专业教育的人员不足2%，因此使得中国广告公司及广告实际作品难以在世界上拔得头筹。根据中国广告协会学术委员对北京、上海、广州这三个城市不同类型广告公司的调查表明，在各方面综合指标排行中，缺乏广告专业人才居首位，占77.9%，人才问题已经成为制约中国广告事业发展的主要"瓶颈"。

针对我国高等职业教育"广告和艺术设计"专业知识老化、教材陈旧、重理论轻实践、缺乏实际操作技能训练等问题，为适应社会就业急需、满足日益增长的广告市场需求，我们组织多年在一线从事广告和艺术设计教学与创作实践活动的国内知名专家教授及广告设计公司的业务骨干共同精心编撰本套教材，旨在迅速提高大学生和广告设计从业者的专业素质，更好地服务于我国已经形成规模化发展的广告业。

本套系列教材定位于高等职业教育"广告和艺术设计"专业，兼顾"广告设计"企业职业岗位培训；适用于广告、艺术设计、环境艺术设计、会展、市场营销、工商管理等专业。本套系列教材包括《广告学概论》、《广告策划与实务》、《广告文案》、《广告心理学》、《广告设计》、《包装设计》、《书籍装帧设计》、《广告设计软件综合运用》、《字体与版式设计》、《企业形象(CI)设计》、《广告道德与法规》、《广告摄影》、《广告与会展》、《数码摄影》、《广告图形创意与表现》、《中外美术鉴赏》、《色彩》、《素描》、《色彩构成及应用》、《平面构成及应用》、《立体构成及应用》、《广告公司工作流程与管理》、《动漫基础》、《环境艺术设计手绘表现技法》24本书。

本套系列教材作为高等职业教育"广告和艺术设计"专业的特色教材，坚持以科学发展观为统领，力求严谨，注重与时俱进；在吸收国内外广告和艺术设计界权威专家学者最新科研成果的基础上，融入了广告设计运营与管理的最新教学理念；依照广告设计活动的基本过程和规律，根据广告业发展的新形势和新特点，全面贯彻国家新近颁布实施的广告法律法规和广告业管理规定；按照广告企业对用人的需求模式，结合解决学生就业、加强职业教育的实际需求；注重校企结合、贴近行业企业业务实际，强化理论与实践的紧密结合；注重管理方法、运作能力、实践技能与岗位应用的培养训练，采取通过实证案例解析与知识讲解的写法；严守统一的创新型格式化体例设计，并注重教学内容和教材结构的创新。

本系列教材的出版，对帮助学生尽快熟悉广告设计操作规程与业务管理，对帮助学生毕业后能够顺利实现就业具有特殊意义。

编委会

Editors

编委会

Preface

动漫设计作为新兴文化创意产业的重要组成部分，在国际文化交往、中外艺术交流、弘扬古老中华文化、丰富社会生活、推动民族品牌创建、促进经济发展、拉动内需、解决就业、构建和谐社会等方面发挥着越来越大的作用，已经成为我国服务经济创新发展的"绿色朝阳"产业，在我国经济发展中占有极其重要的位置。

随着全球经济的快速发展，面对国际动漫设计业激烈的市场竞争，尤其是现代广告中出现了大量运用动漫手法的表现技巧与技术，加强动漫设计教学观念与表现技法的创新、加速动漫设计专业人才的培养已成为当前亟待解决的问题。为满足日益增长的广告和动漫市场的需求、为培养社会急需的技能型应用人才，我们精心编撰了本教材，旨在迅速提高学生及动漫设计从业者的专业素质与技能，更好地服务于我国的文化创意产业。

本书作为高职高专教育广告艺术设计和动漫设计专业的特色教材，坚持以科学发展观为统领，在借鉴国内优秀教材的基础上，强调将动漫理论教学与实践应用相融合，注重启迪开发学生设计思维的敏锐觉察能力、认知能力、感受能力和创造能力，注重掌握动漫设计在创作制作中应遵循的原则，注重培养学生的动手能力。此教材的出版，对帮助学生尽快熟悉动漫设计制作与应用操作规程、毕业后能够顺利就业具有特殊意义。

全书共分八章，以学习者应用能力培养为目标，在吸收国内外动漫界权威专家多年研究与实践的丰硕成果基础上，以当前时代背景为依托、结合动漫设计的创新性，系统地介绍了动漫发展概论，动漫策划、创意与推广，动漫造型设计，动漫场景设计，动漫剧本创作，动漫制作及软件应用，动漫教育与人才培养等基本理论知识和技能，并注重挖掘蕴涵的人文内涵、开阔眼界、增长知识、陶冶性情、加强修养，充分体现知识性、趣味性、互动性及时代精神，力求教学内容与教材结构的创新。

由于本书融入了动漫设计的最新教学理念，力求严谨、注重与时俱进，具有结构合理、叙述简洁、案例经典、图文并茂、通俗易懂、突出实用性等特点，且采用新颖统一的格式化体例设计，因此本书既适用于专升本及高职高专院校广告艺术设计、动漫设计、会展管理等专业的教学，也可以作为动漫企业和广告艺术设计公司从业者的职业教育与岗位培训教材，对于广大社会自学者也是一本有益的参考读物。

本教材由李大军进行总体方案策划，并具体组织，刘晨、赵亚华主编并共同统稿，东海涛为副主编，由动漫业界资深专家刘伯原先生审定。作者编写分工：刘晨(第一章、第二章和第三章第一节、第二节)，关欣、张翼飞(第三章第三节)，刘宝明(第四章)，赵亚华(第五章、第八章)，东海涛(第六章第一节、第二节)，李玉(第六章第三节)，李冰(第七章)，马劢(负责全书文字整理)，华燕萍(负责全书版式调整)，赵亚华(负责全书图片整理)，李晓新负责本教材课件的制作。

在本教材的编写过程中，我们参阅、借鉴、引用了有关中外动漫设计方面的最新书刊资料，精选收录了具有典型意义的中外动漫作品，并得到有关专家教授的具体指导，在此一并致谢。为了方便教师教学和学生学习，本书配有教学课件，可以从清华大学出版社网站免费下载使用。由于作者水平有限，书中难免存在疏漏和不足，敬请各位专家和广大读者给予批评指正。

编者

Contents 目录

目录

Contents 目录

第一章

动漫概述

学习要点及目标

- 理解动漫的概念。
- 了解动漫的特性。
- 了解动漫的起源及其基础理论。
- 了解动漫的功能及其意义。

本章导读

　　动漫、动画、漫画作为一种雅俗共赏、喜闻乐见的艺术形式，盛行于当今社会，受到大众特别是青少年的喜爱，有人甚至夸张地将当今时代称为"动漫时代"，但众多的研究者和消费者对这三个概念的理解却不尽相同。本章将就这一问题进行探讨，以明确概念，加以区分。

01

引导案例

温家宝总理2009年政府工作报告摘要节选

　　(二)积极扩大国内需求特别是消费需求，增强内需对经济增长的拉动作用

　　一是扩大消费尤其是居民消费。继续调整收入分配格局，提高劳动报酬占国民收入的比重，增加政府支出用于改善民生、扩大消费的比重，增加对城镇低收入群众和农民的补贴。要培育消费热点，拓展消费空间。

　　完善汽车消费政策，加快发展二手车市场和汽车租赁市场，引导和促进汽车合理消费。大力发展社区商业、物业、家政等便民消费，加快发展旅游休闲消费，扩大文化娱乐、体育健身等服务消费，积极发展网络动漫等新型消费。完善消费政策，优化消费环境。加快建设"万村千乡"市场工程，推进连锁经营向农村延伸。要加强城乡消费设施和服务体系建设，规范市场秩序，维护消费者合法权益。抓紧研究出台鼓励消费的政策措施，积极发展消费信贷。做好"家电下乡"、"农机下乡"、"汽车、摩托车下乡"等工作，把中央财政的400亿元补贴资金用好用活，使企业增加销售，农民得到实惠。

第一节　动漫的概念

　　温总理在政府工作报告中首次提到"动漫消费"这一概念，引起动漫业界人士的强烈

反响。业内人士表示，"动漫消费将会促进动漫文化创意产业的发展，从而为下游制造业提供大量的就业岗位，成为其产业提升的契机。预计每年动漫衍生产发品消费市场将会超千亿元"。动漫在中国的发展方兴未艾，究竟何为动漫？下面将做探讨。

一、漫画的概念

　　漫画是不受任何工具材料和技法限制的一种绘画形式。漫画一词在中文里有两种意思。一种是指笔触简练，篇幅短小，风格具有讽刺、幽默和诙谐的味道，蕴涵深刻寓意的单幅绘画作品。

　　图1-1是为了得一个世纪宝宝，精心计算，分秒必争，此画以幽默的手法、简练的线条表达了深刻的寓意。

　　图1-2描述了迷信是信念虚弱化和信仰荒凉化的缩影。要想破除迷信的"拜神"，关键的一条是强化人类自身的精神，建设自身的生活质量。此幅漫画以讽刺的方式揭露出迷信的本质，耐人寻味。

　　另一种是指精致写实，内容宽泛，风格各异，运用分镜式手法来表达一个完整故事的多幅绘画作品，如图1-3所示。

　　两者虽然都属于绘画艺术，但不属于同一类别，彼此之间的差异甚大。因袭已经形成的语言习惯，人们已经习惯把这两者均称为漫画。后为了区分，又把前者称为传统漫画，把后者称为现代漫画(过去亦有人称连环漫画，今少用)。

　　漫画虽然是绘画的一种，但又有自己的特性。《现代汉语词典》对"漫画"一词的基本解释是："用简单而夸张的手法来描绘生活或时事的图画。"《辞海》将漫画解释为："一种具有强烈的讽刺性或幽默性的绘画。"

　　1925年著名画家丰子恺在上海《文学周报》上发表"子恺漫画"作品，"漫画"一词在中国首次使用，丰子恺先生对漫画所下的定义是，"漫画是注重意义而有象征讽刺、记述之用的，用略笔而夸张地描写的一种绘画"，如图1-4和图1-5所示。

01

图1-1　千年等一回 作者 赵亚华

图1-2　拜神 作者 赵亚华

图1-3　天上天下 作者 大暮维人

图1-4　劳动节特刊的读者 作者 丰子恺　　　　**图1-5　升学机 作者 丰子恺**

可见，幽默、讽刺、娱乐是漫画最为突出的特点，它虽为绘画的一种，但在形式上和表现技巧上却有着根本的不同，具有很强的独立性。

二、动画的概念

动画的英文单词是animating或animation，词根animate的汉语意思是："给……以精神，使……活起来和赋予生命。"长期以来，对"动画"一词的定义可谓仁者见仁，但大抵可以分为两类。

一类强调动画是一个过程。某位动画大师曾这样解释"动画"，他说："动画是绘画和拍摄一个形象的过程，该过程让一个人、一只动物或者一个非生命体处在连续的姿势上以创作好似生命般的运动。"

另一类强调动画是一种影像。《日本大百科全书》对"动画"一词有如下的解释："动画就是将那些本体不会动的图画、木偶等，每次逐渐变化其形态拍摄一格(有时是多格)，这样反复地拍摄，使之看上去能动的一种影视的总称。"

1980年世界动画组织在南斯拉夫的萨格勒布会议上对"动画"一词做了如下定义："动画艺术是指除使用真实之人或事物造成动作的方法之外，使用各种技术所创作出之活动影像，亦即是以人工的方式所创造出之动态影像。"

强调"动画是一个过程"的定义，实际是把动画当成一个动词，强调动画的目的在于让原本不能动的东西动起来，对应的是动画的技术观；而强调"动画是一种影像"的定义，实际是把动画当成一个名词，强调动画让原本不能动的东西动起来的结果，对应的是动画的艺术观。

综上所述，两种观点争论的焦点在于动画是技术还是艺术，就像人们争论广告是科学还是艺术一样。事实上,动画是个综合体,是技术和艺术的结晶。随着动画技术的全面发展和艺术形式的多维探索,动画越来越显示出其艺术性和技术性相融合的特质。正如美国动画艺术家Preston Blair在其著作《Cartoon Animation》中所言:"动画是艺术的同时也是技术,它是一种方法,其中包含着漫画家、插图画家、画家、剧作家、音乐家、摄影师和电影导演等艺术家的综合技能,这些综合的技能成就了一种新型的'艺术家–动画家'。"

随着现代科技和美学观念的发展,动画制作方式、动画依附载体和传播形式等呈现出多样化发展趋势。例如,网络动画、手机动画等动画形式逐渐涌现。与此同时,动画的概念也在不断发展着,要给动画一个被大众认可、科学、全面的定义也变得愈发困难。

就当下而言,动画的概念不妨如下定义:动画是具有多种可能性的、具有技术和艺术双重性质的手段的艺术形式,它以绘画或其他造型艺术形式作为人物造型或环境空间造型的表现手段,借助于技术和艺术,使缺乏生命的物像符号获得运动的表演轨迹,以此与真人演出的影视片相区别。

总之,动画以电影、电视、网络、手机等大众媒介为传播载体,是一种依托媒介丰富、传播速度迅捷、受众非常广泛、传播效果深远的独特的艺术形式。

【拓展知识】

Preston Blair

Preston Blair (1908—1995)是美国著名的动画大师,曾在沃尔特迪斯尼制片公司和米高梅动画部门工作。主要代表作有动画短片《魔法师的学徒》、《木偶奇遇记》和《小鹿斑比》等。

他的著作《Cartoon Animation》脍炙人口,受到读者的欢迎,对中国读者有很大的影响。

三、什么是动漫

"动漫"是近几年国内刚刚出现却迅速流行起来的词汇。动漫深受青少年和儿童的喜爱,是伴随他们成长的主要娱乐资源。

在学术界,动漫还没有一个较为准确、科学和全面的定义。这一方面是由于动漫研究者对动漫概念的内涵存在着不同的理解;另一方面也由于动漫是多学科融合的结合体,动漫在创作和传播方式上体现出艺术学、文化学、经济学、传播学、符号学等多学科融合的特点。

从具体艺术形态来看,动漫是漫画、电影、动画、连环画等多种艺术形态的综合体现。简而言之,动漫是以动画和漫画为主体内容的图形、图像、声像作品以及与此相关的衍生产品的统称。具体来讲,动漫是以创意为核心、以内容为根本,运用现代信息技术带来的强大的表现力,把动画、漫画艺术形式的超现实幽默和美的创意,通过影视、书刊、互联网及移动类媒体等传播开来的一种独特的艺术形式,从而丰富人们的精神世界,改善人们的生活品质,开发人们的创新思维,提高人们的思想境界,促进社会文明与进步。

在传播理念、创造与引领时尚的过程中，动漫形象赢得人们的认同和追捧。借助动漫形象，动漫制作公司培养和宣传相关品牌，发展相关产业，延伸相关产业链，进而形成并建立起集政治、文化、经济、科技于一体的新文化经济集合——动漫产业。

动漫产业是以"图像造型＋娱乐消费"为特点的产业类型。它以动漫形象为核心，以创意为动力，以动漫形象品牌权和版权为核心赢利模式，广泛涉及电影、电视、出版、广告、时装、饮食、玩具、通信、建筑、软件、音乐等行业，由漫画、动画、图书、影视、音像制品以及其衍生产品和特许经营产品等形成的现代文化产业。

动漫产业是当今世界方兴未艾的朝阳产业。从世界范围来看，动漫产业早已成为发达国家的重要支柱产业，例如日本。而在中国，动漫产业才刚刚起步，国外动漫很受中国青少年的喜欢，进口动画片曾一度占领了90%的中国市场。

面对巨大的市场需求和经济收益，中国动漫业需要发展。动漫作为一种通俗艺术和大众文化，已冲破了民族、国家和语言的障碍，正在向全世界辐射和扩展。为了发展中国的动漫产业，增强国产动漫的竞争力，必须大力向国外先进的、成功的经验学习，制作出优秀的原创动漫作品，使国产动漫适应社会各层次群体的需求，发展有中国特色的动漫产业。

第二节　动漫的特性

01

一、动漫的艺术特性

（一）原创性

原创是动漫创作的核心，是作品成功的关键，它体现出一种能力，表现为创造性想象和创造性思维；它同时又是一种精神，体现创新意识和创新个性。原创性的根本是能够发现创作源泉，而创作源泉的挖掘需要原创作者独特的想象力和创造力。所谓独特的想象力和创造力是指在厚重的文化环境和文化素养中，理应发挥出的动漫式的想象力和创作力。

 案例1-1

迪斯尼与米老鼠

年仅21岁的画家迪斯尼，怀揣仅有的40美元，从家乡提着装有衬衫、内衣以及绘画材料的皮箱来到堪萨斯城。他经历了多次的失败，几乎穷困潦倒。因无钱交房租，只好借用一家废弃的车库作为画室，每天夜里都会听到老鼠"吱吱"的叫声。

一天，他昏沉沉地抬起头，看见幽暗的灯光下有一双亮晶晶的小眼睛在闪动。他没有捕杀这只小老鼠，磨难已使他具有艺术家悲天悯人的情怀。往后的日子里，他与这只小老鼠朝夕相处，艰难的岁月中，他们仿佛建立了一种默契和友谊。

不久，他离开了堪萨斯城，去好莱坞制作一部卡通片。然而，他设计的卡通形象被一一否决了，他再次品尝了失败的滋味。他穷得身无分文，多少个不眠之夜，他在黑暗中苦苦思索，甚至怀疑起自己的天赋。

突然，他想起了那双亮晶晶的小眼睛！灵感像一道电光在黑夜里闪现了——小老鼠！就画那只可爱的小老鼠！全世界儿童所喜爱的卡通形象——米老鼠就这样诞生了，如图1-6所示。

图1-6　迪斯尼笔下的米老鼠

他就是大名鼎鼎的沃尔特·迪斯尼。从此以后，他凭借着自己的才干和灵感，一步步筑起了迪斯尼王国。

迪斯尼简介

沃尔特·迪斯尼(Walter Disney，1901—1966)，美国动画片制作家、演出主持人和电影制片人，如图1-7所示。

1901年12月5日生于美国伊利诺斯州的芝加哥。他以创作卡通人物米老鼠和唐老鸭闻名。他制作了世界第一部有声动画片《蒸汽船威利》(也译作《威利汽船》《威廉号汽艇》，1928年)和第一部画长片《白雪公主》(1938)。他与哥哥罗伊·迪斯尼创办迪斯尼兄弟动画制作公司。

图1-7　沃尔特·迪斯尼

(二) 审美性

审美性是艺术的基本特征之一，而动漫作为一门艺术，决定了其从诞生之日起就具有崇尚美、追求美和传达美的艺术特性。无论从早期的简单漫画、动画到为数不多的艺术探索短片，直至日后用高科技制作的动漫精品，都体现着动漫创作者的审美需求。

这些创作者先是美的创造者，继而运用精湛的艺术技巧将深藏于心中的艺术观念和美学追求最大可能地对象化，把具有美感的造型合成为具有动感的漫画和动画，从而赋予动漫造型鲜活的生命，最终唤起观众对动态美的欣赏和追求。

动漫的审美性有其自身的特点，大致体现在以下几个方面。

1. 夸张变形的审美特征

夸张变形体现在两方面：一方面，在动漫创作中，对一件物理对象自身固有的形象进行夸张变形，使其产生更加丰富的意味，带给人们变形本体之外的新鲜的心理体验；另一方面，也可以对对象本身的动作、表情、情节等进行夸张变形，造成独特的审美效果，这种手段在很多美国迪斯尼或梦工厂等大的电影公司制作的动漫影片中经常能看到。如图1-8～图1-10所示。

图1-8　怪物公司

图1-8《怪物公司》中的主人公的表情被夸张处理，更加强化了画面效果和气氛。

图1-9是两个死对头友好的一幕被夸张了，强化了情节的趣味性。

图1-9　德鲁比与迈克老狼

图1-10　变相怪杰

图1-10是影片《变相怪杰》中的角色的表情处理，也颇为夸张，这是借鉴了动画片的典型的处理手法。

2. 超越现实的审美特征

动漫是创造梦幻神话的王国，著名导演斯皮尔伯格索性将自己的动画创作基地直接称为"梦工厂"。在这个神话国度中，现实世界不可能的事情在这里都变为可能了。正如大家常说的那句话，"只有想不到的，没有做不到的"。

在这个世界中，创作者可以随心所欲地营造超越现实的场景；可以创设现实世界不可能发生的情节；可以依据表达的需要将动植物拟人化，赋予其人性；也可反其道而行之，将人物化。这些都是电影电视剧力所不逮的，这就是动漫的超现实审美。如图1-11所示的《美女与野兽》中的人物被施了魔法，变成座钟和蜡烛台，这种将人物化的手法使剧情更为丰富，从而引人入胜，这就是超越现实的审美。

图1-11　美女与野兽

（三）时代性

动漫是时代的产物，同时又彰显着时代的特征，是始终洋溢着时代气息的艺术。

一方面，它与社会思想主流、文化流行趋势紧密相连。当大众文化时代来临，具有时代气息的大众流行元素便频频出现在动漫作品之中，动漫作品借助这些元素展现出这个时代所特有的审美趣味和审美价值，同时这些流行元素也通过动漫作品的发行得以传播，甚至被强化成一个时代的标志性符号，被缔造为一个时代的流行文化。

另一方面，动漫也是科技进步的产物，新的科技催生出新的动漫形式。例如，照相机、活动摄影机、电视、手机、计算机、互联网等的出现都催生了新的动漫形式。

案例1-2

网络明星流氓兔

1999年出生的流氓兔Mashi Maro，是韩国第一个打进国际市场的卡通形象，也是第一个透过网际网路动画，获得广大网友传阅并继而成名的卡通明星。

Mashi Maro为韩国金在仁先生所创造的卡通人物，Mashi Maro之命名来自于marshmallow(棉花糖)，主要在于其形象浑圆白胖就像棉花糖一般。Mashi Maro在台湾以"贱兔"之名为大家所熟悉，在大陆则是以"流氓兔"为通称，如图1-12所示。

随着青少年无厘头文化的兴起，流氓兔调皮又带戏

图1-12　网络明星流氓兔

谑的个性，透过原创者创作的网络动画，在亚洲地区掀起不小的风潮，流氓兔动画于网络上传播次数无法计算。

(资料来源：百度百科，http://baike.baidu.com/view/9730.htm)

(四) 民族性

不同的民族，因其特有的生活习惯、宗教信仰等而形成了其独特的风俗习惯和文化传统。同时，不同民族特有的地理环境因素也影响着该民族的思想意识和审美习惯。动漫作为一种独特的艺术形式，不可避免地受到民族文化的影响，在动漫的艺术风格上深深刻有民族传统的烙印，体现出民族的特性。如图1-13所示的中国第一部，也是世界第一部水墨动画片——《小蝌蚪找妈妈》，其片中的形象以画家齐白石创作的鱼虾等为蓝本，整部动画片具有浓郁的民族风格。

图1-13　小蝌蚪找妈妈

【拓展知识】

特　伟

特伟先生是中国著名动画艺术家，动画电影"中国学派"创始人之一，2010年2月4日13时45分在上海华东医院逝世，享年95岁，如图1-14所示。

特伟是中国著名的美术片导演，力主创新及民族化道路，是中国水墨动画片的创造者之一。他于1957年建成上海美术电影制片厂，并任首任厂长。

特伟的代表作包括《小蝌蚪找妈妈》、《骄傲的将军》、《牧笛》等。其中《骄傲的将军》是中国美术片民族化的开端；而水墨动画片《小蝌蚪找妈妈》则开辟了一种新的美术片样式，曾获得国际电影节上多个奖项。他也是迄今为止中国动

图1-14　特伟

画界唯一获得国际动画学会(ASIFA)终生成就奖的艺术家。

（资料来源：百度百科，http://baike.baidu.com/view/15188.htm）

（五）综合性

动漫与电影、电视一样，也是一门综合艺术。漫画和动画制作不仅需要作为创作基础的脚本，构成影像体系的美术技巧，为背景设计服务的建筑原理，还需要设计符合人物身份的台词，烘托对象运动形态的舞蹈动作。

动漫融合了文学、美术、舞蹈、音乐、语言、建筑等多种艺术形式，其作品充分调动和发挥了文学之美、音乐之美、语言之美、绘画之美、舞蹈之美和建筑之美，并将其有机地融合在一起，形成动漫艺术的"震撼"之美，如图1-15～图1-18所示。

图1-15　埃及王子截图一

图1-16　埃及王子截图二

图1-17　埃及王子截图三

图1-18　埃及王子截图四

以上四幅图选自动画片《埃及王子》，这部动画片建筑描绘气势恢宏，场面宏大，人物性格刻画突出，画面效果极具艺术性，音乐感染力强，撼人心魄，多种艺术审美集于一身，给观众留下深刻的印象。

二、动漫的技术特性

（一）动漫造型的复杂性

动漫的制作是一个复杂的过程，每一个造型的产生都必须经过精细繁复的工艺流程。制作者通过对动画影像的动作形态分解，画出一个个独立的"动作瞬间"，然后按照实际运动顺序进行逐张描绘，并通过顺序编码和计算运动时间，对每幅已绘好的画面逐格拍摄并做调整修改。

（二）动漫技术的探求性

动漫的诞生及其发展是一个不间断的技术探求的过程，动漫艺术家们从未停止在技术方面的探求。照相机、活动摄影机、同步放映机等的产生和运用，不仅提升了动漫作品的传播速度，拓展了动漫的传播空间，而且从制作角度完善了动漫的创制体系。在艺术表现形式上进行探求，借鉴戏曲、美术和建筑等艺术领域的技术原理，从表现形式上丰富了动漫的表现。利用现代高科技手段，使动漫制作技术由传统方式向现代化方式转变，实现了从平面二维向立体三维的飞越。可以说，动漫制作技术探求一直是动漫王国发展壮大的内在推动力，如图1-19和图1-20所示。

《玩具总动员》由迪斯尼与PIXAR公司共同合作拍摄，首次全部使用电脑制作，在主题、技术、处理等多方面均具有革命性意义，花了上亿美元的成本、历时四年才制作完成，工程之浩大令人叹为观止。

图1-19　玩具总动员

图1-20　玩具总动员3

《玩具总动员》是迪斯尼与PIXAR的动画系列电影，共制作了三部。《玩具总动员3》是皮克斯的首部IMAX3D影片，于2010年6月18日在北美上映。

关于IMAX3D

IMAX3D是IMAX立体影片的放映技术，IMAX3D使用两盘IMAX专用的15/70胶片，一盘胶片对应一只眼睛，通过偏振过滤眼镜或红外同步系统配合电子眼镜以提供两个单独的图像。结合IMAX巨幕，IMAX3D能够产生逼真的全视野立体效果。

（资料来源：百度百科，http://baike.baidu.com/view/40164.htm）

（三）动漫形式的假设性

动漫是假设的艺术。动漫艺术的假设性体现在如下几方面：动漫形象都是被技术创造出来的"人造演员"，具有假设性；动漫造型的动作形态是技术加工和人工制造的结果，具有假设性；动漫人物的表情是人工绘制、技术模拟并加以夸张变形的结果，具有假设性；动漫的场景是靠手工绘制和技术制作出来的，具有假设性；动漫逼真的音效是依靠先进的技术达到的，具有假设性。总之动漫借助这些假设性的"有意味形式"，唤起了观众的想象幻觉和心灵共鸣。

三、动漫的产业特性

从产业角度分析，动漫具有以下特性。

第一，动漫以创意为灵魂，是文化创意产业的重要组成部分。优秀的动漫产品是想象力丰富、创造力超凡、意境和哲理深刻、情节动人、能启迪智慧、激发创造灵感、创造快乐的艺术精品，是影响人们消费观念和生活方式的文化娱乐产品。

第二，动漫以高科技和现代传播技术为发展动力，是媒体内容产业的典型代表。随着现代科技的发展，当网络通信技术足够发达之后，"内容经济"将成为发展的主体，如网络游戏、手机彩信、网络漫画书、动画短信、网络影视片等将成为经济价值的主要创造者。同时，网络动漫游戏成就了许多网站和网络媒体，众多数字娱乐软硬件产品正不断地被开发出来。

第三，动漫以"图形＋娱乐"为主，是寓教于乐的时尚产业。寓教于乐、老少皆宜、喜闻乐见的动漫作品，能够在生产和传播文化的同时，潜移默化地进行健康的思想教育。动漫可以创造时尚，引领消费，创造经济价值，如为大众的发型、服饰、娱乐、饮食等创造出时尚消费热点并形成相关产业链。

第四，动漫以形象权、版权为核心赢利模式，是广告效应极强的品牌产业。与其他文化产业相比，品牌对于动漫具有决定性意义，一部动漫作品的流行，将同时成就其产业链上的其他优秀品牌。例如，迪斯尼的一切都是从一只老鼠开始的。除自身的媒体播放收入外，其知识产权收入也颇丰。例如以米老鼠、唐老鸭为商标的玩具、书包等，也同样成为业内知名品牌。同时，动漫又是广告产业。一部成功的动漫产品，其故事场景、人物造型甚至语言符号都可能是企业的广告，具有极强的广告效应，可有效培养相关产品的消费群体。

第五，动漫以社会文化和社会经济发展为基础，是集知识、科技、资金、劳动密集型为一体的大众文化产业。高端动漫影视产品，需要庞大的资金、技术、品牌、市场等方面的支持；中、低端普通动漫娱乐产品，因为其成本低廉，工艺简单，易于制作，所以，普通劳动者经过相关培训后，即可参与生产制作。在大众传媒时代，动漫已经成为大众文化的重要制造者和传播者。

 案例1-3

《玩具总动员》掀起市场的怀旧之风

首部《玩具总动员》的上映，获得了高额的票房收入，刷新以往感恩节票房的纪录。而计算机动画的精密手法在本片中充分发挥，从一景一物到人物的所有表情全由计算机绘制而成，这项创举也让本片导演得到了一座奥斯卡特殊成就奖。

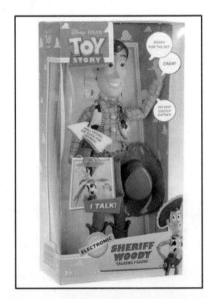

最值得一提的是，在本片中出现的许多玩具，都是美国非常有名的经典玩具，像弹簧狗、蛋头先生……迪斯尼在拍摄本片前，都一一和这些玩具的原制造公司取得授权允许，这些玩具才能出现在大银幕上，当本片票房长红之际，这些玩具又成为玩具市场上的抢手货，在美国市场上掀起了一股怀旧风潮，如图1-21所示。

最新消息，《玩具总动员3》里出现的新角色都有相应的玩具，这些实体玩具都是由迪斯尼负责制作和发售的。

图1-21 《玩具总动员》中的胡迪玩偶

第三节 动漫的起源及其基本原理的研究

一、动漫的起源

动漫是伴随着科技的发展而成长起来的，然而对于"运动"过程的表现的追求在原始社会就有了萌芽，我们的先民们自从掌握了图画表现技术后，就一直在追求表现鲜活生动的运动过程，而不仅仅局限于一个静止的画面上。

（一）先民动画萌芽的诞生

1. 国外寻踪

在西班牙北部山区的阿尔塔米拉洞穴内，人们发现了大量的壁画，其最晚的是玛格特林文化(距今约1.2万~2万年)，壁画中描绘了许多动物的形象，如野牛、鹿和野猪等，这些图画形象生动、充满活力，技巧写实，透视准确，风格质朴、粗犷。其中有一头奔跑的野猪，尤为引人注目，其形象丰满、逼真，更为有趣的是，这头野猪的尾巴和腿均被重复绘画了几次，以此表达正在跑的状态，这就是长期以来人们公认的最早的"动画萌芽"，如图1-22、图1-23所示。

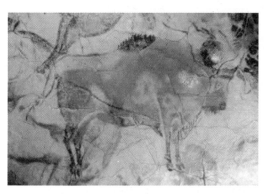

图1-22　阿尔塔米拉洞穴壁画

图1-23　阿尔塔米拉洞穴壁画——奔跑的野猪

古埃及文明源远流长，其中流传着一个有趣的故事。在古埃及法老时代，法老被视为尊贵的神灵，受到众神的呵护与爱戴，为了体现这一主题，智慧的埃及工匠们在供奉祖先的神庙立柱上画满了神欢迎法老的不同动作瞬间，当法老御车驾临的时候，车子从神庙立柱间疾驰而过，这些画在立柱上的神就"运动"起来，仿佛在欢迎法老的到来，这就是"御车观神像"的故事。

在现存遗迹中也不乏对动画的初步尝试。在一幅墓室壁画中可以看到以"分解"图式的方式，将摔跤表演的动作分图呈现，观看者如果从壁画前快步走过，就可以欣赏到一套完整而富有动感的摔跤表演，这就是古代先民们对运动形态初步探索的典型例子，如图1-24所示。

图1-24　摔跤图

2．国内寻踪

在我国青海出土的马家窑文化时期(距今4000～5000年前)的"舞蹈彩纹盆"，可以看到先民们以最朴拙的方式表现对运动的探求痕迹，如图1-25所示。

舞蹈彩纹盆内所绘图案为三组手拉手保持相同舞蹈姿态的"舞蹈者"，他们分散于彩陶圆形内壁上，组成连环的舞蹈姿态圈，充满了动感的生机，特别是每组最边上的两个人物形象，其手臂画了两道线条，以此表达动态的理念。

图1-25　舞蹈彩纹盆

我国的传统绘画在构图上不受焦点透视的束缚，往往在一幅画纸上同时展现多个场景或情节，体现连动的理念。敦煌莫高窟很多描绘佛教经典故事的壁画都采用了这种方法，体现了以静制动的理念，如莫高窟254窟南壁，北魏壁画《萨埵那太子本生图》（见图1-26）。

图1-26　萨埵那太子本生图

《萨埵那太子本生图》用了"异时同图"结构，即把不同时间、不同地点、不同人物的活动巧妙地交织在一个画面上，打破了故事中的时空观念。"观虎"、"刺颈"、"跳崖"、"饲虎"、"报信"、"哭尸"、"收骨"、"起塔"八个情节被安排得密而不乱，统一中有变化，以此展现完整的运动的情节。

（二）游戏中动画形式的探索

在古代，人们娱乐的形式与手段远不及今天丰富，但并不意味着人们创造力的匮乏，在中国民间，人们创造性地制造了各种游戏来丰富自己的生活，其中一些游戏涉及了对动画形式的探索。

1. 手影

"手影"游戏是借助投影原理的一种游戏，光照在手上使其在墙面上形成投影，游戏者发挥想象力，借助手指和手形的变化，使投影在墙上形成狗、兔子、老鹰等动物形态，并且使它们表现出或张嘴狂吠，或展翅飞翔的运动姿态，如图1-27所示。

图1-27　手影游戏

两个或多个游戏者还可以通过彼此的配合，用手做成不同的动物，并让它们形成互动。其中对动画的探索可见一斑。

2. 走马灯

观灯是我国传统的民间习俗，每逢元宵节、中秋节都有观灯的活动，"走马灯"的发明，最晚在宋代。宋代吴自牧的著作《梦粱录》述及南宋京城临安夜市时，指出其中有买卖走马灯的。走马灯的发明不仅丰富了灯的形式，而且显示出更为成熟的动漫性，如图1-28和图1-29所示。

图1-28　走马灯原理结构图

图1-29　走马灯

　　走马灯的制作者将民间故事的人物或动物分解为不同的动作叙事单元，并将人物或动物以连续性的动作姿态画在灯笼罩壁上，当蜡烛点燃，加热空气，造成气流，并以气流推动轮轴旋转，随着灯光的忽明忽暗，灯笼就会转动起来，灯笼罩壁上的各种形象也就活动起来。

3．皮影戏

　　皮影戏，发源于我国西汉时期的陕西华县(古华州)，距今已有两千多年的历史，是世界上最早由人配音的活动影画艺术。

　　皮影戏又称"影子戏"、"灯影戏"、"土影戏"，有的地区叫"皮猴戏"、"纸影戏"等，是用灯光照射兽皮或将纸版雕刻成的人物剪影投射到半透明的屏幕上以表演故事的戏剧形式。剧目、唱腔多同地方戏曲相互影响，由艺人一边操纵一边演唱，并配以音乐，如图1-30所示。

　　皮影戏所用的幕影演出道理和艺术表现手段，对电影的发明和美术片的发展起到先导作用。中国的皮影戏距现代意义上的动画更近一步，它已经具备了现代动画的影像符号和声音符号。

图1-30　皮影戏

4．手翻书

　　手翻书原本是自娱自乐的一种儿童游戏，每页上都画着图，展示的都是人物或动物的动作，但每页动作幅度和动作姿态略有不同，随着游戏者用手指从头到尾快速翻页，绘画的形象就会活动起来，如图1-31所示。

手翻书游戏从历史的角度看，已不是单纯的游戏，它为现代动漫的诞生与发展作出了贡献，因此可以说其实质上就是最原始的动画。即便在今天，手翻书依旧是一些动画设计者检测动画效果的一种手段。

图1-31　手翻书

5．魔术幻灯

所谓"魔术幻灯"是17世纪传教士阿塔纳斯·珂雪发明的，该装置是个铁箱子，里面放盏灯，在箱的一边开一小洞，洞上覆盖透镜。将一片绘有图案的玻璃放在透镜后面，经由灯光通过玻璃和透镜，图案会投射在墙上，如图1-32所示。

这是较早的动画形态。之后经过不断改良，把许多玻璃画片放在旋转盘上，出现在墙上的是一种运动的幻觉。到19世纪，魔术幻灯在欧美等地仍旧是观众喜爱的节目，音乐厅、杂耍戏院、综艺场中遍及着它的身影。与皮影戏由幕后照射光源的方式不同，魔术幻灯是从幕前投射光源。二者在方式方法上虽然有别，却能够反映出东西方不同国度对操作光影一样的痴迷。

图1-32　魔术幻灯

6．19世纪的系列实验与成果

1832年，比利时著名物理学家约瑟夫·普拉多发明了"诡盘"，如图1-33所示。

"诡盘"能使被描画在锯齿形的硬纸盘上的画片因运动而活动起来，而且能使视觉上产生的活动画面分解为各种不同的形象。"诡盘"的出现，标志着动画形式的探索进入到了科学实验阶段。

1872—1878年，美国旧金山的摄影师爱德华·慕布里奇用24架照相机拍摄飞腾的奔马的分解动作组照，经过长达6年的无数次拍摄实验后终于成功，接着他又在幻灯上放映成功，即在银幕上看到了骏马的奔跑。他所建立的分解动作的方式一直沿用至现在的动画运动规律研

图1-33　诡盘

究上。

1877年，法国人埃米尔·雷诺发明了"光学影戏机"，将"诡盘"游戏投射在巨大的屏幕上，使小部分人的游戏变为大众的艺术，他用此机拍摄了世界上第一部动画片——《一杯可口的啤酒》。

二、动漫基本原理的研究

现代科技的加盟加快了动画艺术的发展步伐，实验热潮的进行是基于西方科学家对物象成像原理和图像运动理论孜孜不倦的探求。可以说实验与理论研究是相辅相成、相互促进的。

1824年，英国科学家彼得·罗杰根据车轮辐条运动现象向英国皇家学会提交一份研究报告，该报告名称为《移动物体的视觉暂留现象》。在报告中，罗杰提出如下观点：人的眼睛具有一种"视觉暂留"的作用，形象刺激在最初形成后，能在人眼视网膜上停留一段时间。这样，各种分开的刺激按照一定速度连续显现时，在视网膜上的刺激信号就会重叠起来，形象就会变成连续运动的。"视觉暂留"是由人的视觉生理特性决定的。这就是现代影视艺术的理论基础。

1828年，在多年研究成果的基础上，彼得·罗杰和约瑟夫·普拉图发表了题为《论光线在视觉上产生的几个特性》的论文，提出了有关视网膜物象成像的重要理论，进一步阐释了动画为什么能"动"起来的动画运动原理。普拉图发现，形象在视网膜上停留的时间与原始物象的颜色深浅、物象表面光度强弱和历时长短有密切关系，并随这些因素的变化而变化。

在物体表面照明强度适中的情况下，形象在视网膜上的平均停留时间约为1/3秒，确切的数字是34%秒。所以，只要两个视觉形象之间不超过1/3秒，那么这两个视觉印象就会连接融合在一起，从而使本是单个静止的画面连续活动起来，这是人类视觉具有的重要生理特性。

总之，动画原理的研究理论引发了运动实验的热潮，而运动实验的探索，不仅实践了科学家们的理论观点，也对现代动画艺术的真正诞生打下了坚实的基础。

第四节　动漫的功能及意义

动漫是当代文化娱乐的重要产业之一，也是艺术的表现形式之一。动漫作为文化艺术的一个分支，往往具有一定的教育功能，隐含着一定的教育意义。观众通过观赏动漫作品从而达到娱乐和放松身心的目的，其间又在无形中得到教育和启发。一部优秀的动漫作品应该是艺术性、思想性、教育性、娱乐性的完美结合。

一、动漫的功能

动漫的功能大概可以分为认知功能、教育功能、审美功能和娱乐功能，根据不同的定位可以有不同的功能侧重。

（一）动漫的认知功能

动漫往往通过典型的艺术形象反映出一个时代的生活和人们的精神面貌，欣赏者则可以从不同的动漫艺术作品中领略到不同时代、不同国家、不同民族的风貌，欣赏生活在那个时代中的各种人物形象，了解他们的性格特点、思想感情和精神面貌，从而扩大自己的生活视野、认识现实、认识历史、认识真理，这就是动漫的认知功能。

动漫认知功能不仅仅体现在作品所表现的对象这一方面，实际上，动漫的认知功能也体现在动漫艺术这种特殊的表达方式本身。这可以从两个方面来理解：一方面，动漫作品一旦被创作出来，就具有超越时空的可能性，不同时代的历史、不同民族的精神也就会因此而有可能被保存下来，成为人们认识的对象。另一方面，艺术作品的形式，比如说它的风格样式、结构特征等也可以成为人们认识一个时代、一个民族、一个主体精神面貌的依据。

（二）动漫的教育功能

动漫的教育功能，是指动漫艺术作品能够对人们起到思想教育和道德教育的作用。优秀的作品，在帮助人们认识生活的同时，也引导人们对生活采取正确的态度和看法，培养人们美好的道德情操，促使人们奋发向上。

动漫艺术之所以能产生教育作用，是因为创作者们在创作过程中不仅反映现实，而且还会对现实生活做出评价，渗透自己的理想和愿望，表达自己对人生与世界的体验和感受。因此，创作者往往也是思想家，他总是要用自己的思想去影响欣赏者的思想，用自己的道德观念去改造欣赏者的道德观念。无论他是否自觉地这样去做，他的作品所具有的这种思想教育或道德教育功能却是客观存在着的。

（三）动漫的审美功能

动漫除了认识功能和教育功能之外，还有一个更重要的功能即审美功能。关于动漫艺术的审美功能，我们可以从如下几个层次来理解。首先，在动漫艺术的认识、教育功能中，实际上已包含着审美的功能。比如说动漫艺术作品中表现出来的对自然的热爱、对生命的崇敬、对真理的追求本身就有着"怡悦情性"和"畅神"的审美因素。其次，从动漫艺术作品的形式角度看，动漫艺术的审美功能更是体现在不同的形态中。

（四）动漫的娱乐功能

动漫的娱乐功能是大多数动漫作品具有的主要功能之一。娱乐性强的动漫作品都能以经典的造型、夸张的动作、幽默风趣的对白、跌宕起伏出人意料的情节赢得观众的喜爱和笑声。充满想象力的故事情节，创造了很高的娱乐价值，同时对儿童、青少年的想象力也很有启发。

二、动漫的意义

动漫作为大众化的文化娱乐产品，意义重大。这可从以下两方面来理解。

一方面是指对受众的教育意义，根据不同的受众而有不同的表现形式。少年儿童一般无法熟练运用语言文字，在这种情况下，动漫作为一种可采用的辅助性教育工具，情节往往简洁明了，主题往往鲜明易辨，力求起到直接教育的作用；青少年是一个具有一定基础知识和一定思考能力的群体，所以针对他们的动漫作品一般内容相对丰富，情节较为曲折，主题往往蕴涵在富有意味的情节设置中，力求在娱乐青少年的同时引起思考，从而实现教育功能，达到教育目的；成年人往往具有独立的思考和分辨能力，已经不是习惯被动受教的时期，因此针对他们的动漫作品不宜以明显的说教形式来表现教育意义，针对成年人的优秀动漫作品应该娱乐性、思想性和艺术性兼备，以"润物细无声"的方式实现教育目的。总之，越是针对未成年观众的动漫作品，表现出的教育目的越明显，教化意图越突出；越是针对成年观众的动漫作品，表现出的教育目的越潜在，教化意图越隐含。

动漫意义的另一方面，是从动漫产业的现实意义而言的。具体来讲，就是动漫产业的发展不仅关系着国产动漫的兴衰存亡，它作为一种独特的艺术形式，与其他艺术形式一样，也肩负着抵御外来文化的入侵，将本民族的文化传承下去的重任。

综观中国动画这几十年的发展，可以看到中国动画始终致力于开创一条具有中国特色的道路，并曾经取得过辉煌的成绩。但是，随着经济体制改革的深入，我国动漫产业缺少相应科学合理的商业运作的辅助，逐渐不适应市场经济的要求，尤其是进入20世纪90年代后，大量外国动画片的涌入，使中国的动漫产业受到空前的冲击。

可以说，中国动漫产业虽然逐渐受到关注，但还没有上升到"经济安全"和"文化安全"的战略高度上进行规划。这不仅是中国动漫业和传媒业需要思考的问题，也是政府面临和需要解决的历史性难题。因此，需要政府将动漫产业纳入战略产业进行规划设计，尽快建立完整的产业链条，加强知识产权保护，制定相关产业扶持政策，确保我国的动漫产业在文化传播和经济发展中的主导地位。

本章小结

动漫、动画、漫画作为一种雅俗共赏、喜闻乐见的艺术形式，盛行于当今社会，受到大众特别是青少年的喜爱，有人甚至夸张地将当下时代称为"动漫时代"，但在众多的读者和研究者心目中，对这三个概念的理解却有所不同，特别是对动漫概念的理解。

在学术界，动漫还没有一个较为准确、科学和全面的定义。这一方面是由于动漫研究者对动漫概念的内涵存在着不同的理解，另一方面也由于动漫是多学科融合的结合体，动漫创作和传播方式上体现出艺术学、文化学、经济学、传播学、符号学等多学科融合的特点。在具体艺术形态上，动漫是漫画、电影、动画、连环画等多种艺术形式的综合体现。

简言之，动漫是以动画和漫画为主体内容的图形、图像、声像作品以及与此相关的衍生产品的统称。

动漫具有艺术特性、技术特性和产业特性。动漫是伴随着科技的发展而成长起来的。动漫的功能大概可以分为认知功能、教育功能、审美功能和娱乐功能，根据不同的定位可以有不同的功能侧重。动漫作为大众化的文化娱乐产品，其意义重大，这对受众的教育意义，根据不同的受众而有不同的表现形式。一般来说，针对未成年观众的动漫作品，其包含的教育意义越明显，教化意图越突出；针对成年观众的动漫作品，其包含的教育意义越潜在，教化意图越隐含。

思考与练习

1．叙述漫画的概念。
2．叙述动画的概念。
3．怎样理解动漫的概念？
4．动漫具有哪些特性？
5．动漫的功能有哪些？
6．请叙述动漫的意义。

01

第二章

动漫的发展历史

- 了解国外动漫的发展概况。
- 了解国内动漫的发展概况。
- 了解动漫的未来发展前景。

本章导读

本章针对欧美、日本和中国的动漫发展，从历史的角度做了简要的介绍，并对中国未来动漫的发展做了前景预测。动漫起源于欧洲，兴盛于美国，日本动漫后来居上成为欧美强劲的竞争对手。我国动漫发展有过辉煌，有过挫折，发展水平相对滞后，近年来，随着我国经济发展水平的不断增长，动漫产业得到了相关政府和企业的大力支持，就未来的动漫发展之路来看，中国的动漫市场和消费市场极具深度挖掘的潜力。

02

引导案例

老玩具的新变化

广东汕头的玩具商推出了一套各色陀螺组成的玩具，并且配有专门的51集动画片《陀螺战士》同步在各地电视台播放，各地分销商还组织"陀螺擂台争霸赛"，陀螺玩具很快就在杭城孩子们中间流行起来。虽然陀螺的包装说明书里写着"高速旋转物体，适合八岁以上孩子"，但在杭州一所幼儿园的中班里，一共15个男孩子，就有12人拥有陀螺玩具。成年人小时候钟爱的陀螺，如今经过升级和加了动漫概念后，正在成为小孩子手中最流行的玩具。

第一节　动漫在国外的发展概况

一、欧美动漫发展概况

动漫起源于欧洲又兴盛于美国，真正意义上的动漫也是在美国被发扬光大的，其对世界的影响也非同寻常，现代著名的超级英雄人物及米老鼠等动物明星均来源于美国。欧美动漫的发展历程中，在漫画和动画领域进行了不断的探索与发展，本章只对其中有代表性的、重要的阶段作一简要概述。

（一）欧洲早期的政治卡通的出现

漫画一词在欧洲更多地被写为Cartoon(卡通)。资本主义萌芽的发展，使得市民阶层的力量壮大，导致社会结构发生重大变化，而文艺复兴运动的到来，自由开放的艺术理念得以传播并为社会所接受。在经济体制和思想文化的双重作用下，传统绘画走下了中世纪的神坛，日益接近平民的审美趋向，从而给以简御繁的漫画这种特殊艺术形式的产生奠定了基础。同时，作为市民阶层表达自身要求的手段，漫画也被赋予了更为广泛的政治内涵。

17世纪的荷兰，画家的笔下便首次出现了含卡通夸张意味的素描图画。英国在卡通艺术的发展史上，扮演了一个相当重要的角色：民主政体的建立，言论和出版自由的实现，使报刊出版业繁荣起来，为卡通艺术的发展提供了物质保证；而专职卡通画家的出现，使英国卡通的风格也逐渐定型。与同时期欧洲大陆的幽默讽刺画相比，英国的卡通画较多地取材于社会风情，以幽默含蓄见长。

图2-1所示的法国艺术家奥诺雷·杜米埃(1808—1879)以尖锐的艺术语言揭露和讽刺社会的黑暗，他以大量脍炙人口的作品而闻名，其作品被誉为"没落阶级集体形象的辞典"，如图2-2所示。

图2-1　杜米埃像

图2-2　杜米埃作品《高康大》

杜米埃这位杰出的讽刺画大师的主要揭露对象是法国的政界人物和社会上的黑暗势力。从国王、法官到马戏团丑角，各种丑行怪态，通过他尖锐辛辣的画笔被揭露无遗。《高康大》因为是一幅讽喻法国国王路易·菲力普的漫画，作者因此曾被判刑，坐过六个月的监牢。更为重要的是他将政治卡通发展到了艺术的高度，被后人公认为漫画界的鼻祖之一。另一位堪称鼻祖的漫画家是德国的威廉·布什(1832—1908)，他的连环漫画《马克斯和莫里茨》为连环漫画的风行奠定了基础，尤其在美国被尊称为"美国连环漫画的继父"。

西方政治卡通是历史发展的必然产物，有其深刻的社会根源，时至今日，政治卡通依然是西方大众文化的重要组成部分。

【拓展知识】

奥诺雷·杜米埃

奥诺雷·杜米埃是法国19世纪最伟大的现实主义讽刺画大师。他出生于马赛一个有文学修养的玻璃匠家庭，6岁时全家迁居巴黎，由于生活贫困，杜米埃少年时就自谋生计，曾当过听差、店员，这使他深知官场龌龊和民间疾苦，从而产生民主思想和正义感。

杜米埃20岁时师从法国皇家博物馆馆长、画家涅努瓦学习绘画，而后又随布登学习，还在业余时向石版画家拉米列学习版画艺术。他最初从事版画创作，以尖锐的艺术语言揭露和讽刺社会的黑暗，他的大量讽刺作品可称之为"没落阶级集体形象的辞典"。

40岁时，杜米埃开始画油画，他的油画仍如同讽刺画一样，造型不求形似，只重视色块与形体的"神肖"。他往往以棕色和粉红为基调，从文学名著和生活中选择表现题材，以批判的艺术眼光审视自己所创造的形象，他说过"要做一个自己时代的人"。杜米埃的艺术生涯始终与法国的现实主义相联系，他运用现实主义和浪漫主义相结合的艺术语言，塑造了自己独特的艺术形象。

为了真理和正义，他一生坎坷，遭到过监禁、罚款，作品被销毁，难以谋生。巴黎公社时他投身于革命，被选为艺术家联合会执行委员。拿破仑三世为笼络人心，曾授予他"荣誉勋章"而被拒绝，他始终是位不屈的为正义奋斗一生的伟大的现实主义大师。

(资料来源：百度百科，http://baike.baidu.com/view/179282.htm)

【拓展知识】

威廉·布什

威廉·布什是德国一位家喻户晓的讽刺漫画家。一百多年前的1月9日有"笑料大王"之称的这位漫画大师，在家乡下萨克森州与世长辞。威廉·布什最著名的漫画故事书是《马克斯和莫里茨》，中文译本的书名叫做《顽童捣蛋记》。

布什的创作处在俾斯麦推行"铁血政策"的年代，高压和恐怖笼罩着德国，布什的作品涉及社会各阶层的方方面面，有深刻的社会意义，德意志联邦共和国首任总统豪斯赞誉布什为"不朽的人物"。

布什的漫画善于捕捉人物瞬间的表情，借此展示其性格和思想。他不但具有扎实的绘画基础，而且极具文学天才，作品配上幽默的诗句，相映成趣，深受欢迎。他的文字在德语国家广为引用，漫画风格为许多艺术家所仿效，简洁达到极点，不愧为德国漫画界的开山鼻祖。

（二）欧美动画的探索与发展

1894年，美国人托马斯·爱迪生发明了"电影视镜"，之后，法国人卢米埃尔兄弟在此基础上发明了"活动电影机"，这为电影和动画的产生提供了技术基础。

1906年，斯图加特·布莱克顿制作的《滑稽脸的幽默相》问世，如图2-3所示。

影片虽然极其短小简单，但在世界动画史上却有着非比寻常的意义。这是美国，同时也是世界上第一部拍摄在胶片上的动画电影。从此，动画电影率先在美国发展起来。此后，布莱克顿又陆续制作了几部短片，如《闹鬼的旅馆》、《奇妙的自来水笔》。

图2-3　滑稽脸的幽默相

同时期被誉为现代动画之父的法国人艾米尔·科尔拍摄了世界上第一部动画系列影片《幻影集》，这是一部运用停格技术的动画片，强调了视觉语言在动画表现中的作用。1907年，50岁的艾米尔·科尔被连续的画面技术所吸引，随后进入高蒙公司并开始进行研究电影技术以及相关的创作。1907年，他利用了逐格拍摄技术完成了《南瓜竞走》的创作，成为一位专门摄制特技电影的导演。接着，他又把这种逐格拍摄技术应用于动画创作方面。次年，他摄制了第一部动画片《幻灯集》，这是一部变化形状的动画，表现一头象逐渐变成了一个舞女，然后又变成各式各样的人物的经历。

1908年2月到5月，艾米尔·科尔开始创作动画影片《变形记》(Fantasmagoria)，并于当年8月17日放映。在该影片中，他运用了一种称之为"粉笔线风格(Chalk-line Style)"的技术，使得屏幕上的画面不断变换。在法国艾米尔·科尔无论在摄制动画片或摄制材料片(木偶片)的技巧上都是一个独一无二的人，他创作的作品数量多得惊人，一生中完成了二百多部作品。

欧洲与美国在早期动画领域的探索可以说并驾齐驱，然而不久动画的发展中心便由欧洲转至美国。究其原因有以下几点：首先是南北战争扫清了资本主义在全美范围发展的障碍，促进了国内统一市场的形成和扩大，美国工业生产总值跃居世界首位，成为高度发达的资本主义国家；其次是科学技术领域的重要发明和突破，促进了美国农业、工业和经济的飞速发展；再次，外国移民的大量涌入，提供了丰富的劳动力市场。经济的发展必然刺激文化产业的发展，正是这样的大环境为美国的动漫产业发展提供了一个良好的空间。

美国动画在早期探索发展过程中，有一些代表人物为日后动漫产业化的发展做出了重要铺垫。其中温瑟·麦凯和伊尔·赫德最具代表性，一位在艺术表现方面做出了成就，另一位在技术上开辟了新天地。

温瑟·麦凯，美国早期伟大的动画家，同时也是第一个注意到动画艺术潜能的人。温瑟·麦凯在创作动画前就已是著名的漫画家。1911年，他以自己的著名漫画作品《小尼摩》为蓝本，亲手绘制原画并为之着色，做成自己的第一部动画影片。后于1914年，凭借其非凡的艺术天赋，推出动画史上著名的真人和动画完美结合的影片《恐龙葛蒂》，如图2-4所示。随后，麦凯又创作了第一部长达20分钟的动画纪录片《路斯坦尼亚号的沉没》，用将近

25000张的原画再现了历史上这一悲剧性事件，影片将船沉入海中时几千人奋力逃生的画面以动画形式表现，其水平之高令人赞叹，该片代表了当时动画创作的最高水准。

透明赛璐珞胶片的问世，开创了动画制作的新篇章。1914年美国人伊尔·赫德发明了透明赛璐珞胶片，用以取代原先制作动画的动画纸。从此以后，动画制作者使用这种被称为明片或动画片基的新材料把动画形象与背景分开，活动的形象和背景单独绘制，把背景当做衬底，与画有活动形象的透明赛璐珞胶片叠在一起，进行逐格拍摄。这就是传统手工动画制作颇为经典的制作方法，这种动画制作技术的改进，使动画片的大规模生产成为可能，奠定了动漫产业化发展的基础。

不久，在巴瑞公司工作的麦克斯·弗雷希尔发明了"转描机"，他的合作者是他的兄弟乔·弗雷希尔和达夫·弗雷希尔。"转描机"可将真人电影中的动作，转描在塞璐珞片或纸上，这是技术上的又一个进步。著名的《墨水瓶人》、《小丑可可》和《大力水手》（见图2-5)就是利用转描机和动画技巧制作出来的。1921年弗雷希尔兄弟建立了自己的工作室，到1942年这个工作室是全世界仅次于迪斯尼的第一个工作室。

由于动画制作技术方面的不断探索，比如逐格拍摄法运用、赛璐珞胶片的发明、电影拍摄技术引入动画领域以及布莱克顿、麦凯等一大批富有实验探索精神的动画家的出现，动画制作技术和创作理念基本成熟，动画从此迎来了更为广阔的发展空间，为黄金时代的到来奠定了基础。

图2-4　恐龙葛蒂

图2-5　大力水手

（三）超级英雄的诞生及迪斯尼王国的建立

第二次世界大战前后，世界呈现出经济萧条、治安混乱、社会动荡的局面，低迷的经济状况和不稳定的政治格局使人们需要在精神上得到慰藉。超级英雄的诞生恰好给生活在这个时代的人们带来了精神寄托，从而也迎来了动漫的大发展。

所谓的超级英雄漫画是绘画风格写实，题材锁定在超级英雄的范围的漫画类型。尽管英雄漫画在现在看来很是老套，但这些英雄们引起了当时欧美地区人们的共鸣，并受到广泛的热爱和追捧。如图2-6～图2-8所示。

图2-6　蝙蝠侠

图2-7　超人

图2-8　神奇女侠

超级英雄漫画至今已经存在了几十年，影响着一代又一代的人。它形成了自己的独特体系，成为社会文化符号，同时也是当代历史的写照。可以说英雄们的面具后面，存在着一个博大的世界。现今许多漫画中的超级英雄以真人版的形式被搬上了电影银幕，继续发挥着它的影响。

漫画领域是超级英雄的天下，而动画领域则是迪斯尼的领土。1937—1949年是美国动画片的第一次繁荣时期，也称为影院动画的第一个黄金时代，这一时期的主宰是迪斯尼和他的动画工厂。

20世纪30年代动画片最显著的特色是从文化和知识的伪装下解放，一切以追求快乐为目标。迪斯尼在这时崛起并成为国际知名的卡通动画中心，同时也预示着它将成为许多年轻有潜能的艺术家的摇篮。此时，沃特·迪斯尼的名字，以及他所创造的最著名的卡通角色米老鼠已家喻户晓。

自1920年以来，迪斯尼片厂就开始致力于发展大众化的卡通动画。迪斯尼和动画艺术家们进行大量的绘画训练、题材讨论、大众娱乐电影分析，付出和努力取得了卓越的成效并产生了举世瞩目的影响。现代动画所使用的每一项技术，大多是那时发明或设想出来的。

迪斯尼作品高人一筹的地方在于精密周详的前期作业，特别是故事板的策划。迪斯尼的短片大约7至10分钟，情节紧密而且画面精美，远超过竞争对手的产品。1928年，迪斯尼推出第一部音画同步的有声卡通动画《威廉号汽艇》，该片以米老鼠为主角，并获得了成功。此后，迪斯尼接连推出了多部脍炙人口的动画片，进入了影院动画的黄金时代。

从1937年的《白雪公主》(见图2-9)到今天，迪斯尼缔造了美国的动画神话，32座奥斯卡奖、7座葛莱美奖、950项全球范围的奖项无可争议地证明了它的杰出贡献以及不可动摇的王者地位。此外，我们不难看到美国动画片在主题选材和迎合观众口味方面所做出的努力。可以说，20世纪80年代以前的好莱坞动画长片的历史就是迪斯尼动画片的历史。

图2-9　白雪公主

　　迪斯尼的成功经验，带动了美国其他动画公司的发展，它们为推动美国乃至世界动漫产业化的进程起到了不可估量的作用。《猫和老鼠》、《达菲鸭》、《兔八哥》(见图2-10～图2-12)等动画明星的诞生，丰富了动漫明星的大家庭，UPA的作品则丰富了美国动画的表现手段和艺术风格，意义深远。

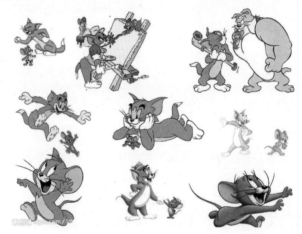

图2-10　猫和老鼠

图2-11　达菲鸭　　　　　　　图2-12　兔八哥

更值得称赞的是，迪斯尼将动画的成功带入了游乐场业。1955年，世界上第一座主题游乐园——迪斯尼乐园在洛杉矶诞生，至今迪斯尼乐园已分布在世界各地，成为动漫王国永远的乐土，如图2-13所示。

图2-13 迪斯尼乐园

此外，其相关的衍生产品也为迪斯尼带来了丰厚的利润。由此可见，迪斯尼王国已不是单纯的动画片制作者，而是成为多产业同步发展、相互融合、庞大的产业集群，形成了一条环环相扣的产业链，其影响相当深远。

美国动画业的成功给了欧洲重大启迪。一方面，许多国家受到美国动画浪潮的启示，更加注重本国动漫发展；另一方面，许多国家开始大胆尝试突破美国模式，用新的制作技术、新的美学观念创作有别于美国风格的动画片。南斯拉夫、法国、英国、捷克斯洛伐克、俄罗斯、荷兰、波兰等国都出现了实验性极强、艺术性极高的动画作品，这些作品对世界艺术发展和文化交流做出了很大贡献。

（四）高科技带来的动漫繁荣

20世纪90年代数字技术在欧美和日本的动画工作室开始得到普及，高科技的数字图像技术成为动漫繁荣的催化剂。同时，动漫的媒介载体也更为广泛和丰富，以书刊、电影、电视、网络为主，动漫在漫画、影院动画、电视动画、网络游戏等层面获得了全面发展。动漫产业链发展成熟，动漫衍生产品的制作与传播成为动漫产业链中至关重要的环节，动漫产业成为备受瞩目的文化创意产业。

随着计算机技术的应用以及众多富有才华的动漫艺术家的不断探索，动漫在艺术创作理念和技术制作方面获得了重大突破，动漫发展进入一个精品迭出、成就辉煌的繁荣时代。动漫实现了艺术、技术和产业的全面繁荣。

动画领域的发展则势头强劲，计算机二维动画的出现，完成了传统手工动画向动画现代生产工艺的变革；计算机三维动画的诞生，第一次实现了动画艺术探索和技术实践的完美结合，使得动画美学观念获得飞跃发展，动画作品佳作纷呈，影院动画进入空前繁盛的新纪元。

在美国，迪斯尼公司、梦工厂、20世纪福克斯公司、哥伦比亚公司、美国华纳兄弟公司等，以自己的经典作品验证了现代科技的神奇魅力，谱写了美国乃至世界影院动画的辉煌篇章。

迪斯尼公司自1990年的《救难小英雄》(见图2-14)以来，就利用数字技术来营造精美绝伦的画面并降低制作成本，《美女与野兽》(1991年)、《阿拉丁》(1993年)等动画电影都取得了巨大成功，如图2-15和图2-16所示。

图2-14　救难小英雄

图2-15　美女与野兽

图2-16　阿拉丁

1994年的《狮子王》成为迪斯尼公司有史以来最卖座的动画长片。1995年，迪斯尼与Pixar工作室合作创作了第一部三维动画长片《玩具总动员》，由此掀起了三维动画的浪潮。十多年来，美国生产的《虫虫特工队》、《小蚁雄兵》、《埃及王子》、《冰河世纪》、《怪物史莱克1、2》、《海底总动员》、《超人特攻队》、《汽车总动员》、《功夫熊猫》等动画片，在商业上业绩斐然，相关的动漫衍生市场的运作更是规模空前，带动世界动漫市场的繁荣，如图2-17～图2-27所示。

图2-17　狮子王

图2-18　玩具总动员

图2-19　虫虫特工队

图2-20　小蚁雄兵

图2-21　埃及王子

图2-22　冰河世纪

图2-23　怪物史莱克2

图2-24　海底总动员

图2-25　超人特攻队

图2-26　汽车总动员

着眼当代，动漫、电影与游戏，这三者之间紧密关联，相互促进。动漫艺术的真谛，在于对幻想世界的向往和对现实世界的批判，动画片可以说是漫画与胶片结合的早期产物，但是单纯手绘的形象不能彻底地体现出作为电影艺术的最终执行者——演员的表演才能。因此，后来的漫画题材的电影愈加推崇真正的演员参与表演，辅以先进的电脑技术，使现实和幻想更完美地结合在一起。

在欧美，由漫画改编的真人电影，不仅促进了漫画出版业，也使电影市场呈现火出爆局面。欧洲早在80年代初就已经将《丁丁历险记》搬上银幕，

图2-27 功夫熊猫

现在的美国更是如火如荼地将畅销漫画改编成电影，带给人们新的视觉冲击，同时开创更广阔的利润空间。

美国的商业大片之所以能创造一个个的奇迹，不是简单地靠运气与财力，而是凭借准确的市场预测和正确的商业策略。例如，现在几乎每部根据动漫作品改编的真人电影上映前都会有一部同名游戏应运而生，这就是精明的西方电影制片商的成功的推销政策。由此看出，动漫、电影与游戏已构成了互助互动的产业链，彼此合作，利润共享，这种方式的建立已成为一种经营模式，其外延还在不断扩展。

（五）引领世界的美国动漫艺术风格

美国动漫经过长期的发展，已形成自己鲜明的特点。以动画片为例，美国动画片强调以剧情片为主，内容多以大团圆结局，少有悲剧性的影片。情节曲折，生动有趣，努力迎合大众审美心理需求。在人物的设计方面，造型设计规范，不做大的变形，与生活中的原型区别不大，形象优美，性格鲜明突出；动物形象则多呈大幅度地夸张，大头、大眼、大手、大脚。另外，注意细节的刻画，并配以优美动听的音乐，做到雅俗共赏，引人入胜。到了20世纪末，有意识地将数字技术与电影技术相结合，使画面更趋逼真形象，达到完美的效果，逐步形成了被世界各国广泛借鉴的卡通模式。

美国动画片善于塑造典型，推出动画明星。美国为世界动画艺术宝库贡献出了不计其数的造型各异、性格鲜明的且为全球人所喜爱的动画明星，这是任何一个国家都难以与之比肩的。美国动画片在世界动画史上占有重要的地位，它一直引领着世界动画片的潮流和发展方向。

二、日本动漫发展概况

日本动漫自1917年发展至今已有90余年的历史，经过一批批动漫人的长期探索，掌握了享誉全球的尖端制作技术，形成了独特的风格，可以说，当前堪与日本动漫比肩的仅有屹立不倒的迪斯尼、皮克斯和梦工厂等老牌劲旅，而它们在全球所占市场份额也小于日本动漫所占的60%。

日本动漫的成功并非偶然。经过长期的探索，动漫人最终凭借着引人入胜的故事情节、精良的制作技术和适合的产业结构，将日本动漫推上巅峰，使其成为一种无处不在的娱乐方式。

日本是个漫画大国，目前漫画杂志及单行本的发行量已占杂志和图书发行总量的45%，漫画的读者年龄层分布广泛，从幼儿到四五十岁的成年人都可能是漫画的忠实拥趸，作品所涉及的范围亦很广泛，科学幻想、探险、政治、经济、奇闻逸事、恋爱、体育、历史、科学、宗教、幽默玩笑以及文艺小说、纪实报告文学等，无所不包。

与欧美漫画不同的是，尽管有现代电影、网络，甚至动画与游戏等派生艺术的冲击，日本漫画仍然在这个电脑网络时代维持着自己在本国不可撼动的地位。2002年日本全国共有282家漫画杂志，所有漫画出版物的年销售额大约30亿美元，占据整个日本出版业业绩的22.6%。

日本漫画在其发展过程中始终与其本国文化密不可分，其精髓与传统浮世绘一脉相承。

（一）浮世绘寻源

12世纪的鸟羽僧正(1053—1140)所画的《鸟兽戏画》(见图2-28)被日本政府列为四大国宝绘卷，可谓是日本漫画的起源，他本人也被视为日本漫画的鼻祖。

图2-28 《鸟兽戏画》局部

同时期绘卷戏画流行，《信贵山缘起》、《地狱草纸》、《饿鬼草纸》、《天狗草纸》以及《百鬼夜行图》之类的作品形成日本独特的绘画形式。

"漫画"一词在日本自古有之，德川时代(1600—1868)盛行浮世绘，奠定了日本绘画的美学基础，其中用简笔的特称为"漫画"。

1814年，闻名世界的《北斋漫画》刊行，这是日本伟大的浮世绘大师葛饰北斋的作品，它是一部十五卷包罗万象的绘画百科。《北斋漫画》不仅在日本有重要影响，而且对欧洲绘画界也造成一股震撼。在许多人眼中，他是将"漫画"一词用在画作上的第一人。但据史料记载，1769年，风俗画名家英一蝶就出版了《漫画图考群蝶画英》一书，书中早有"漫画"一词，之后北尾政演在《四时交加》绘本上的序文也提到了"漫画"一词。

值得一提的是，17世纪江户时代初期，京都、大阪的绘师画了一些身材修长的鸟羽绘，成为时代的风格，并开创了新一代波浮世绘的画风。"鸟羽绘"是以鸟羽僧正的名字为头衔，由此，不仅鸟羽僧正作为日本漫画始祖的地位确定下来，他的浮世绘也得到了发扬光大。

（二）现代日本漫画的诞生与发展

现代日本漫画形式的诞生受到19世纪欧美漫画的启发，1861年英国漫画家查尔斯·华格曼的《日本笨拙》的漫画志、1885年法国人乔鲁吉·毕戈笔下的《团团珍闻》对日本漫画界产生很大的冲击，西式漫画风格首次在日本扎根生长。二人对日本漫画的革新有很大的贡献，新生代漫画家莫不受其影响，尤其是对其后的讽刺画界极为活跃的小林清亲、北泽乐天。

日本现代漫画的历史可追溯到明治时期(1870—1911)。在此基础上确立日本现代漫画雏形的是北泽乐天。1906年，北泽创办了日本第一份漫画刊物《东京小精灵》，以后又创办了《东天小精灵》、《家庭小精灵》，可算是日本现代漫画的鼻祖。在他之后的五十多年，日本现代漫画从形式到内容都产生了突飞猛进的发展，可分为两个时期。

1. 战前发展期

大正时期(1912—1925)是故事漫画的确立期，漫画大师冈本一平是先行者，他赋予漫画文学的内容，在大正时代一举成名，并以他为核心，于1912年成立了"东京漫画会"，致力于漫画的发展与探索。

1923年，桦岛胜一的《阿正的冒险》(见图2-29)孕育了日本第一个漫画偶像，儿童漫画得到迅速发展。

1924年，另一位漫画大师麻生丰的幽默长篇漫画《满不在乎的爸爸》在《报知新闻》上刊出后大为轰动，这部作品鼓舞了东京大地震劫后余生的人们，获得了极大的成功，从此幽默漫画大量地见诸报端。

图2-29　阿正的冒险

《读卖新闻》社长正力松太郎，增设漫画部，将众多名家聚集旗下，带动了日本漫画界的发展壮大。

昭和初期，漫画社团兴起，漫画界得以呈现出百花齐放的局面。受欧美文化的进一步影响，摩登女郎的形象流行起来，其中以风花雪月派和无产者派最有代表性，他们是成人漫画的引领者。更为可喜的是，题材广泛的少年漫画也逐渐受到了包括成年人在内的普遍喜爱。

石户左行则在漫画表现技巧方面进行了创造性的开拓，他将日本传统绘画方式中所缺少的外国技巧吸收进来并加以运用，使日本漫画呈现出新的面貌，直接影响了手冢治虫的创作风格。

随着日本军国主义化，1940年成立了统一的漫画组织"新日本漫画家协会"，漫画界被强制集中了，漫画的发展受到阻碍。从20世纪40年代初期直到战争结束，日本漫画创作停滞不前。

总体看来，战前日本漫画发展已进入了商业化、全民化的进程，不同类型的漫画已初具规模。

2. 战后成熟期

真正意义上的日本现代漫画开始于战后，1946年手冢治虫的《新宝岛》问世并大受欢迎，他的漫画大大超越第二次世界大战前的故事漫画，甚至对日本之外的漫画界也影响深远。他运用电影的拍摄技巧，画面如同电影镜头拍摄一样，有变焦、广角、俯视，使漫画映像有了革命性的变革。他以电影式的视角切换，局部特写表现动作轨迹的线条以及拟声图说，奠定了日本"新漫画"的基调，而这种内容包罗万象的视觉叙事方式就成为日本流行文化的缩影。今天日本漫画的叙事风格亦在他的启发下，形成了迥异于欧美漫画的活泼风格。

20世纪50年代中期，除了手塚治虫之外，又诞生了许多新的漫画家，在日本掀起了一股漫画热。石森章太郎的处女作《二级天使》是一部童话喜剧，其手法如同幻想电影一般。获得第一届文艺春秋漫画奖的谷内六郎的《离家的孩子》是一部反映郁郁寡欢的乡愁和童心的幻想曲。

1956年横山光辉《铁人28》开始连载，与《少年》杂志上颇受欢迎的《阿童木》平分秋色，如图2-30、图2-31所示。

图2-30 铁人28

图2-31 铁臂阿童木

02

【拓展知识】

手冢治虫

手冢治虫(1928—1989)，日本漫画家、动画家、医生、医学博士，如图2-32所示。

原名手冢治(由于生于明治天皇诞辰，因而取名"治")，因喜爱昆虫，所以把他的原名"治"改成日文中发音很像的步行虫的日文名称。汉字写作"治虫"。以后手冢治虫就成了他的笔名。同时，他以医学家身份的名义仍使用原名手冢治。他也是日本第一位导入助手制度与企业化经营的漫画家。

手冢治虫一生所创作的漫画作品高达15万页之多，他在巅峰期间曾同时执笔13部漫画作品连载，由于工作量大，他随时携带稿纸，在旅行途中的飞机上、汽车上也继续画画，他每天的睡眠不到4小时，

图2-32 手冢治虫

有时一天可画50页漫画，速度惊人。他也曾3天3夜毫无睡眠连续画个不停。

手冢治虫的惊人创作量是所有漫画家望尘莫及的，而且其本人从战争中死里逃生后，就立志不浪费生命，尽情发挥所长来贡献给世人。为了成就日本卡通工业梦想，他用画漫画赚来的稿费来支撑，使公司在艰苦环境中成长，中途因财务危机而负责3亿日圆，但是他却并不退缩更积极量产更多好的题材漫画，他慢慢地还清了所有债务，并且继续制作更好的卡通动画。可见他除了旺盛的创作热情之外，还拥有凡人无法比的坚强斗志和毅力。

手冢治虫的漫画能流传后世并有所影响，最主要是漫画作品中那些带有人性的哲学思想。他强调"不尊重生命与忽视精神世界的科技发展，一定导致人类和地球的灭亡"，所以重视"生命"和"心灵"是漫画之神——手冢治虫给留后世的启示。

1957年，堀江卓的《风车剑之助》开始连载。同年，前谷惟光的《机器人三等兵》作为时代剧漫画的宠儿出版发行。少女漫画中的女作家也大展才华，开始与男性抗衡。名列前茅的是上田俊子、牧美也子、花村英子等。横山隆一的《阿福》和冈部冬彦的《小男孩》等以家庭生活为题材的漫画也开始走红。

值得一提的是，这一时期连环画在大阪开始萌芽，月刊《影》和1957年创刊的《街》成为连环画的基地。最早使用"连环画"这个名称的也是《街》杂志。1959年在大阪以辰已为首，藤隆夫、佐藤雅旦、石川文安等人组织了连环画工作室。曾经是少年漫画家的千叶铁矢，以一部《地下室魔球》获得了成功。同时他还画少女漫画《123和456》。石林章太郎也不例外，既有少女漫画《奇怪的孩子》问世，又有被称之为少年漫画代表作的《机器人009》，显示出同时连载的雄厚实力。

20世纪60年代初期，日本涌现出一群青年漫画家。他们朝气蓬勃、精力旺盛，创作了大批吸引人的漫画作品。这时，日本漫画界又出现了一股新的潮流，即所谓的"租借连环画"(这类作品主要是供给小摊贩租借给人看)。租借连环画的主要读者层不再是少男少女，而是那些在日本高速经济成长中，从日本各地大量涌入东京、大阪等大城市中的青年人。可以说，租借连环画唤起了成年人对漫画的需求。无论在画技、故事情节，还是在日常感和现实感的追求上，租借连环画与手冢治虫的故事漫画都有明显的区别。代表这一派的著名漫画家有白土三平、水木茂、斋藤隆夫等。他们把自己的作品称之为连环画，其目的就在于表明自己与手冢治虫的不同之处。如果做个特征比喻，手冢治虫的故事漫画具有陶器般的朴素、柔和；而连环画却极似瓷器那样硬质、严谨。

随着电视突飞猛进的发展，颇受欢迎的漫画开始被搬上银幕，《月光假面》(原作川内康范，绘画桑田次郎)的巨大成功加快了漫画电视化的步伐。手冢治虫的《奇异的少年》在 nhk 被列为连续播放节目，动画片《铁臂阿童木》深入人心，《铁人28号》、《8号人》(原作平井正和，绘画桑田次郎)和小岛功的《仙人部落》也大获成功。这些都是带科幻性质的动画片。

以写实风格推出的电视连续剧《丸出夫》和《肯尼迪骑士团》等都是这个时代的作品，前者反映的是激烈的升学考试状况，后者以1963年肯尼迪总统被刺事件为序幕，反映了现实社会的生活。越南战争爆发后，以村山知义的《忍者》为首，掀起了一场忍者风。藤子不二雄的《怪物Q太郎》被改编成动画片，这是科幻动画片以外类型的动画片首次获得巨大成功，伴随着主题歌一起在全日本掀起一股热潮，如图2-33所示。

到20世纪60年代后期，看漫画的孩子们成为大学生，现代漫画迎来了一个新的飞跃。大学生开始把漫画作为一种寻求娱乐和传播信息的媒介来看待。20世纪60年代在日本盛行一时的学生运动充分利用了这个传播媒介。到了这个时期，日本的现代漫画开始逐步走向成熟。进入20世纪80年代末，现代漫画的制作技术更加细腻，漫画杂志的多样化开始出现。作为一种图文文本的视觉传播媒介的现代漫画成了解说戏剧、电影、音乐和科幻等娱乐作品，小说和游记等文艺作品以及教育的指导入门书受到了社会广泛的欢迎。漫画的读者结构也发生了很大的变化，从低年龄层的青少年扩大到成年人，从学生扩大到社会的各个阶层。

图2-33　怪物Q太郎

同时，战后20年，培育出一批新漫画的读者层，新的漫画杂志也应运而生。芳文社以青年漫画为目标，于1966年创办了《comic magazine》、少年画报社的《青年漫画月刊》、双叶社的《漫画周刊》和小学馆的《大漫画月刊》等相继问世。少年杂志方面，讲谈社的《少年杂志》压倒了其他杂志。1965年时，《少年杂志》的主要读者是中、小学生，他们的社会人际关系很简单，一般就是家长和孩子、学生和老师、男孩和女孩，《少年杂志》的佳作《巨人之星》、《明日的乔》、《爱与诚》等就是围绕这种人际关系创作的连环漫画，这些作品描写了少男少女的成长奋斗过程。由于故事内容都来自少年读者身边，所以极受他们的欢迎。此后日本漫画的读者也从中、小学生扩展为高中生、大学生，以及各阶层的青年。漫画开始受到了社会的瞩目。

1964年，新漫画派集团的核心人物近藤日出造等人大声疾呼，要建立一个包括从北海道到冲绳的所有漫画家的全国性漫画家职能团体。于是，日本漫画家协会诞生了，协会成立时的会员人数是497名。日本漫画家协会的宗旨是：维护漫画家协会会员的权益，对文化作出贡献。在协会的各项举措中，令人瞩目的是于1972年设立了"日本漫画家协会奖"。这个奖由漫画家评选，并授予漫画家，这一点不同于出版社、报社所设立的漫画奖，"日本漫画家协会奖"被认为是最有权威的奖项。

在日本，除了这个"协会奖"外，还有"文艺春秋漫画奖"、小学馆漫画的"漫画奖"及"读卖国际漫画奖"、"中日漫画大奖"等报社设立的漫画奖。还有个人设立的奖，如"手冢奖"、"藤子不二雄奖"等。

20世纪60年代中叶到20世纪70年代中叶，漫画为了适应迅速发展的需要，故事中相当大的成分是由其他领域的作家来完成的。例如推理小说作家生田、科幻作家加纳一郎、动画片作家藤种桂介等分别拿出成功的作品，以漫画脚本为职业的尾原一骑、小池一夫、牛次郎等人进一步扩大了市场占有率。漫画质量的提高，与他们的实力有很大关系。从拉洋片时代就开始画连环画的老将小岛刚夕，与小池一夫组合创作的《带孩子的狼》就是典型的例子。另一位专业脚本作家泷泽解的《高中流浪派》、《绘画芳谷圭儿》，也使人感到新鲜的时代气息。

集英社1968年创办的《少年跳跃》，发掘出一批新漫画家。"跳跃军团"具有老一辈漫画家所不具备的幽默与故事情节，以破竹之势向前迈进。

正统少女漫画中，除了早在20世纪50年代初就开始出名的水予英子，还有高中学生里中满智子的处女作《娜娜和丽丽》、情节剧名家细川知荣子的《帕莉子别哭》、擅长写爱情剧的西谷样子的《玛丽·露》，另外，弓月光的《我的第一次体验》等作品开拓了少女漫画新的题材。这一时期连东京大学的书架上都摆着少女漫画，池田理代子的《凡尔赛的玫瑰》以其严谨的历史考证和曲折的故事情节，把少女漫画推上了高峰。可以说在少年漫画肥沃的土壤上，滋长出少女漫画这支奇葩。

1975年至1985年这一时期，首届一指的作品要算获尾望都的《11个人》和大岛弓子的《绵国之星》。另外，青池保子的《伊凡的儿子们》强烈感人，细川知荣子的《尼罗河女儿》绚丽多彩，在读者中引起很大震动。1977年，美内铃惠的超长篇《玻璃假面》开始连载，这是一部罕见的长篇故事，连载十几年，盛况不衰。

同一时期，少年漫画的大腕藤子不二雄的《魔美》和松本零士的《银河铁道999》发表。同时藤子不二雄还创作了青年漫画的科幻短篇系列；松本零士也有《宇宙海盗哈罗克》问世。《日出之处的天子》(山岸凉子)和《钓鱼迷日记》也很引人注目。

藤子不二雄的《机器猫》被制成动画片；鸟山明的《阿拉蕾》也受到高度评价。同时《筋肉人》(鸟田中井)、《北斗神拳》(原哲夫)也大受欢迎，如图2-34～图2-37所示。而大友克洋的《阿基拉》则凭借精巧的剧情铺陈来吸引读者，显示出了极高的水平。1982年宫崎骏的《风之谷》也开始连载。

图2-34　机器猫

图2-35　阿拉蕾

图2-36　肌肉人

图2-37　北斗神拳

少年漫画中安达充的代表作《接触》、《美纪子》最引人注目。青年漫画中以《美食家》为首，引来美食漫画陆续登场。女作家高桥留美子的《福星小子》给读者留下深刻印象。

20世纪90年代初，以鸟山明的《七龙珠》为主打，加上秋本治、荒木飞吕彦和德弘正也等人稳定的连载阵容辅助，《少年跳跃》发行量不断增加。

川口开治的《沉默的舰队》，尽管受到非难，但仍受到青年们的注目。继《漫画日本经济入门》(石森章太郎)成功之后，斋藤隆夫的《连环画小说吉田学校》也由读卖新闻社出版了。石森章太郎的《漫画日本历史》也在连载，这些都是以成年读者为对象的漫画，说明漫画作为一种宣传媒介，越来越受到人们的重视。《科长岛耕作》(弘兼宪史)也在商人中引起重大的话题。

进入20世纪90年代，日本漫画流派在画风、题材、故事情节等方面八仙过海，各显其能，漫画界出现了百舸争流的局面。特别需要指出的是，漫画家的个性更加鲜明了，历经半个世纪的成长，漫画已从战前的儿童伙伴变成了社会的大众传播媒体。

而在进入20世纪90年代中期以后，日本漫画则进入了一个真正的百花齐放的时期，漫画家们除了在技法方面继续进行改进以外，还将其作品的题材不断地深化和广化，同时引入了一些有时代特性的表现手法，使漫画更加贴近真实的生活，符合当时的各种思想潮流。如近年红遍我国大江南北的尾崎南作品《绝爱》，便是以男性之间的同性之爱这一比较敏感的话题为背景；而藤泽亨的《麻辣教师GTO》则在搞笑的同时深刻揭示了日本当前教育界存在的种种问题；至于由藤崎龙改编自中国传统神话故事的作品《封神演义》则更是被称作是具有后现代风格的作品。

02

 【拓展知识】

藤子不二雄

《机器猫》又名《多啦A梦》，在我国读者中已经很有名气了，大家都知道它的作者是藤子不二雄。但是，藤子不二雄到底是怎样一个人，却很少人知道。原来，藤子不二雄是两位画家联合创作使用的笔名。

他们是藤本弘和安孙子素雄。藤本弘生于1933年12月1日，富山县高冈市人。安孙子素雄生于1934年3月10日，富山县冰见市人，他们与日本"漫画之神"手冢治虫是同一代人。这两位年龄只差4个月的画家，小学五年级的时候都在高市立定冢小学读书，是第二班的同学。1946年小学毕业后，藤本弘考入工艺专科学校电气科，安孙子素雄升入高冈中学。由于对漫画的共同爱好，两个人一直保持着密切的关系。

1947年，在日本漫画史上具有划时代意义的一部新作《新宝岛》发表了，它的作者就是手冢治虫，这部作品对藤本和安孙子素雄产生了重大影响，他们决心毕生投入漫画事业中。1969年，《机器猫》开始在小学馆的学年志上连载，一炮打响。这个聪明可爱

的机器猫很快成了大小孩子们的好朋友,藤子不二雄的名字也走向全国,飞向世界。

1979年,动画《机器猫》搬上屏幕后,一直是受欢迎的节目,直到现在还在播放。用藤子不二雄的笔名发表的联合作品,是由藤本弘与安孙子素雄分别执笔的,读者只要仔细观察比较,就会发现这两个人大体相同的画法中又有各自不同的风格。

1989年,两人终止了合作,开始独立创作活动。但他们仍然继续使用藤子不二雄这个给他们带来荣誉的共同笔名,只是在名字中加了一点区别:藤本弘用的是藤子·F.不二雄,安孙子素雄用的是藤子不二雄A。1996年9月23日,日本当代最著名的漫画家之一,被称为"机器猫之父"的藤子·F.不二雄因患肝病,于9月23日(星期一)凌晨2点10分逝世,终年62岁。

(三) 日本动画的发展

日本动画起步晚于漫画,至今已有七十余年的历史,其发展可分为六个阶段。

1. 战前草创期

战前草创期:由1917年日本开始有动画到1945年日本战败为止。这段时期的前期,日本动漫主要是以世界名著为题材,而后期由于日本军国主义猖獗,因此动画题材不离宣传、夸耀日本军国主义的路线,如1942年的《海之神兵》即为此类。但是这也造成了战斗、爆炸画技的进步,这也是当今日本动画最引以为傲的技术。

2. 战后探索期

战后探索期:由日本战败到1947年为止。日本战败后,有些人鉴于战争的教训,开始将反战题材用在动画上。这种题材影响深远,直到现在还颇为流行,另外也有些人尝试不同的动画题材。这一时期的动画题材良莠不齐,既有意义深远的也有低级庸俗的。像1968年《太阳王子大冒险》就是一个成功的例子,成为后来高水准动画的基础;像1970年《无敌铁金刚》就是一部典型的烂卡通,不但暴力而且剧情很差,这给日本动画带来了不良的影响。

3. 题材确定期

题材确定期(第一次动画热爆发):自1974年《宇宙战舰》上演至1982年为止。这个时期日本动画界经过探索期,确定了动画和卡通的分野。《宇宙战舰》是日本动画史上第一部超级剧情片,由松本零士负责脚本及人物设计。该片在电视上播出后,造成"松本零士旋风",如图2-38所示。

在这些片后,松本零士另有《银河铁道999》(见图2-39)、《一千年女王》等受欢迎的作品。

继松本零士后,由富野由悠季原作小说改编成的《机动战士》在1979年开始上演,由于剧情结构复杂而严密,受到动画迷的热烈追捧,该片后来的三部电影非常卖座。但自此以后,动画热逐渐消退,动画界进入间歇期。

图2-38 宇宙战舰

图2-39 银河铁道999

4. 画技突破期

画技突破期(第二次动画热爆发): 自1982年《超时空要塞》(MACROSS)上演至1987年为止。该时期由于人们追求视觉享受成为风潮, 因此动画画技力求突破。

由于题材已确定, 加上画技的突破, 使得佳作迭现。如1982到1984年的《超时空要塞》; 1984年《风之谷》; 1985年、1986年《机动战士Z GUNDAM》及《GUNDAM ZZ》; 1986年《天空之城》及《亚利安》等多部好片, 如图2-40~图2-43所示。日本动画发展至本时期结束时(1987年), 剧情、内容、画技皆已达到极高的水准。于是动画进入了成熟期。

图2-40 超时空要塞

图2-41 风之谷

图2-42　天空之城

图2-43　机动战士Z

《超时空要塞》创新的视点快速移动效果，造成极佳的动感；《风之谷》和《天空之城》中精细写实的背景；《机动战士Z》和《机动战士ZZ》的强调反光，明暗对比等，皆对后来的动画贡献很大。

5．路线分化期

路线分化期(成熟期)：自1987年到20世纪90年代初。日本动画进入成熟期后，佳作频出。如《古灵精怪》、电影《机动战士GUNDAM-逆袭》(见图2-44)和《王立宇宙军》，以及日本电视史上第一部以高中以上年龄段为主要对象的文艺动画连续剧《相聚一刻》(见图2-45)等。其中《相聚一刻》曾获得1988年日本动画优秀作品排行榜第二名(该年排行第一是《圣斗士星矢》，如图2-46所示)，另外还有《天空战记》、《机动警察》等多部佳作(《天空战记》曾获得1989年动画排行第一名)。

图2-44　机动战士GUNDAM-逆袭

图2-45　相聚一刻

当日本动画发展到此后，有人认为幼年观众群已被忽略了四五年，也该考虑制作年龄路线。于是自1987年后半年以来，电视上的高年龄层动画逐渐减少，而转向动画电影。以致造成目前日本电视上找不到几部好片，而电影几乎部部精彩的情况。

6．风格创新期

风格创新期：自1993年至今。日本动画在画技、制作手法、构思设计方面都日趋成熟后，开始追求风格上的创新，试图突破原有的

图2-46 圣斗士星矢

模式，以完善的技巧加上超越时空的构思，带给观众全新的感官冲击。电影《攻壳机动队》(Ghost In The Shell)完全摒弃以往动画明快轻松的风格，阴郁、压抑，冷酷，表现出对命运的困惑，恰与人类虽然身处高科技社会，但无法摆脱对未来的不安以及内心深处彷徨孤独的精神现状相呼应，如图2-47所示。

由庵野秀明监制的电视《新世纪EVANGELION》则选择与以往的热血主角们完全不同的个性自闭少年真嗣为主人公，在看似普通的怪兽交战、保卫地球的情节中，通过真嗣的感受，表达出一份渴望被需要、梦想被爱又害怕被背叛，于是在自己与他人之间筑起屏障的矛盾与孤寂的心情，从某种程度上来说也是现代人心理的折射，如图2-48所示。

图2-47 攻壳机动队

图2-48 新世纪EVANGELION

在21世纪初的今天，人类对自身的思考也逐渐深刻，日本的动画愈发贴近现实并日益关注对人心理方面的剖析，由原本普遍的爱与友情的主题转为更加深刻的心理和人性的刻画。可以说，各方面都日臻完美的日本动画并没有停止发展的脚步，仍然在不断自我完善和突破。

在1983年时，日本动画市场上出现了世界上第一部"Original Video Animation"(简称OVA)《DALLOS》，为动画在电影、电视市场外，开辟了一个新市场——录影带市场。OVA，顾名思义，就是不在电视或电影院播出，而只出售录影带。除非该片大受欢迎，才有可能在电影院公开播放而升格为电影。OVA自1983年至现在，已成为动画的重要市场。其中佳作不胜枚举，如《88战区》，《幻梦战记LEDA》、《渥太利亚》、《银河女战士》系

列、《银河英雄传说》系列、《五星物语》和《古灵精怪》等。

（四）日本动漫的特点

1．引人入胜的故事情节

大部分的影视、文学作品都是凭借曲折离奇的故事情节来吸引观众的，动漫亦是如此。例如在日本十分流行的《海贼王》以及在中国很受欢迎的《火影忍者》，以及《犬夜叉》和《钢之炼金术师》，其故事情节均是一波三折，如图2-49～图2-51所示。

即便故事的结局在观众眼里一目了然，但在草帽海贼旗(《海贼王》男主角路飞的海贼团的旗帜)和木叶标志(《火影忍者》里的一个忍者村的标志)下聚集的人依旧越来越多，而拥护犬夜叉(《犬夜叉》的男主角)和艾尔利克兄弟(《钢之炼金术师的》的两位男主角)的人也是有增无减。由此可见，日本动漫引人入胜的故事情节正是其吸引观众的关键。

图2-49　海贼王　　　　　　　　　　图2-50　火影忍者

图2-51　犬夜叉

2．唯美的风格画面

爱美之心，人皆有之。一部成功的动漫，创作者与众不同的绘画风格和其画笔下的唯美画面不可或缺。中国的历史帮助日本动漫创作人塑造了各种东、西方风格融合的动漫角色。

一个个身材修长、大眼睛、小嘴、翘鼻子的动漫形象配合波折的故事情节，在与动漫迷们初次见面之时便俘虏了他们的心。

动漫的主体消费者是青少年，他们憧憬完美，追求完美，对于娱乐性质的物品，更是有其独到的审美观。波折的情节和唯美的画面不但让他们得到了心灵上的慰藉，缓解了现实生活中的压力，也帮助他们逐渐向真善美看齐，提高了自身修养。

3．适合的产业结构

日本动漫的成功离不开各动漫出版社旗下公司不遗余力的推广，离不开动漫副产业对消费者的潜移默化，更离不开其政府政策的大力支持。早在2004年，日本就公布了《内容产业促进法》，通过文化的产业化，实现经济结构向知识密集型转化，从硬力量(经济和军事)转向软力量(文化价值观和品牌)，而包含动漫产业在内的内容产业则成为日本的首选。从实际效果来看，日本动漫产业不仅在日本经济中起到重要的支撑作用，还利用动漫文化和动漫品牌的无国籍性，扩大了日本文化在世界的影响力。

同时，动漫出版商们在对动漫相关产业发展的摸索中发现了动漫传播对电玩、玩具、衣服等副业带来的商机，于是他们与一系列生产厂家合作，从而逐渐形成了日本"漫画—电视—电影—电玩—玩具"模式的产业链，实现了出版商与各生产厂家的利益互赢。

第二节　动漫在国内的发展概况

一、中国漫画史

"漫画"一词在中国存在已经很久了，"漫画"在老一辈人心中，指的仅是20世纪上半叶丰子恺、华君武、丁聪等漫画家的幽默讽刺画。但在今天的年轻人心中，"漫画"早已没有了那时的历史沉重感，随着改革开放的到来，漫画不可避免地与美日联系起来，漫画成了新一代娱乐的重要媒介。

纵观中国近代漫画史，可以将其演变分为三个阶段：连环画的雏形、连环画与漫画的兴盛、现代漫画的诞生。

(一) 连环画的雏形

由于种种历史原因，现代漫画的以图叙事和蒙太奇技法直到20世纪80、90年代才传入中国并造成影响。在此之前，中国人一直忠诚于文字叙事，并以其给予想象空间的留白而自豪。将抽象文字化解为图像的工作始终被压制在人们的头脑之中，满足于原始的阅读快感。但这并不是说，我们对于图形思维没有想象力。

《孔子家语》载："孔子观乎明堂，睹四门牖，有尧、舜之容，桀、纣之像，而各有善恶之状，兴废之诚焉。"这就是说，古代人已经懂得以绘画为武器，揭露恶人恶事，表扬善人善事。因此，以善恶对比为题材的绘画，就可以认为是中国古代漫画的一种表现形式。

中国的连环图始于宋元明清流行的章回小说的绣像——回回图。一般来说，在小说前几页绘出故事人物称为"绣像"，每一回的插图称为"回回图"。这一时期代表作有明万历年间刻印的《孔子圣迹图》、《全图绣像三国演义》等。但绣像仍处于书的附属地位，是书籍的补充，还不能称为正宗的连环画，只能称之为连环画的过渡阶段。因为回回图广受欢迎，结集印成册的做法就诞生了，成为中国屹立世界独特的"连环图画"。

宋元明清时期，连环画的主要载体为书籍，其内容主要为孔孟圣人故事、戏曲小说故事及生产题材。随着宋代雕版印刷的成熟和城市经济的发展，连环画得到了广泛传播和发展。在中国众多的艺术中，还没有哪一种艺术能像连环画那样把"大雅"和"大俗"如此紧密地结合起来。

(二) 连环画与漫画的兴盛

清末民初，连环图画艺术已趋于成熟和巩固。《三国演义》、《红楼梦》、《水浒传》、《西游记》等"回回图"已为读者所喜闻乐见，在其影响下，1899年由益文书局出版、朱芝轩绘制的《三国志》出现，有图二百多幅，它是我国第一部石印现行模式的连环图画，但其文字还是原来的回目，连续性和通俗性还不够强。这时，连环画的形式是上文下图，文字约90字，占版面的四分之一，写在画面空隙处，用一句话概括画面的主要内容。画面人物装束虽仍袭戏装，却已摆脱了舞台程序，并根据内容画出一些背景。故事情节透过画面作交代。

1927年上海世界书局出版的《连环图画三国志》，线装6册，横32开，总计768幅图。光纸石印，横长方形，每部一函，封套的书名上冠以"连环图画"四字，在书内的广告中说："连环图画是世界书局所首创。"这或许是第一次确定了连环画这个名称，但这是我国第一次把这种形式的书命名为连环画。这样，现代意义的连环图画模式和名称全面应用和确立起来。可以说，《连环图画三国志》标志着我国连环画的兴起，从此中国连环画进入了一个新的时代。

1930年，上海的知识分子兴起一股漫画杂志热。当时丰子恺的《子恺漫画》已获朱光潜、朱自清等文学界中人的肯定。他也为鲁迅小说作漫画，《阿Q正传》及《绘画鲁迅小说》就是其中代表作。当时，忧国忧民之士在诸多漫画杂志上批判社会的怪现象。如叶浅予的《王先生》(见图2-52)和《小陈留京记》、张乐平的《三毛》、黄尧的《牛鼻子》、丁聪的《猫国春秋》均对时局提出了他们的针砭。那时胡考的《西厢记》、汪子美的《红楼梦》、曹涵美的《金瓶梅》、董天野的《孔夫子画意》……则画出了异于连环图画的另一种面貌。

1947年，张乐平的《三毛流浪记》、《三毛外传》、《三毛从军记》因控诉战争和贪官污吏的残忍与祸害而一鸣惊人。《三毛》成了中国漫画近代史上最重要的一个角色，在现今漫画史上也是唯一可代表中国的漫画明星，如图2-53所示。

从1949年至2000年期间发行的连环画中，可以了解中国连环图画的发展概况。中国连环画的创作虽受时代的种种制约，但在绘画的表现上发挥的空间并未受到压缩。优秀的画家也投入到了连环图画的创作行列，戴敦邦、顾炳鑫、程十发、刘旦宅、刘继卣、王弘力、贺友

图2-52　王先生

直、范曾……现今大名鼎鼎的画家都曾创作过连环图画。

1950年文化部艺术局也成立了大众图画出版社，主要是进行连环画、年画和通俗美术的推广。大型历史题材的和现代的连环画如雨后春笋，如大长篇的连环画《三国演义》六十集、《水浒》二十六集、《西游记》、《红楼梦》、《西厢记》、《二十五史》、《岳传》……都有创作，《延安的灯火》赵宏本与贺友直合作、《白毛女》华三川绘、《日出之前》高山绘、《洪湖赤卫队》顾炳鑫绘、《渡江侦察记》顾炳鑫绘。《雷锋的小故事》汪观清绘、《亚碧与山罗》、《孔乙己》、《阿Q正传》、《画皮》、《召树屯和喃诺娜》、《林冲》……艺术家的投入充分反映了他们对连环画的重视。

图2-52　王先生(续)

他们的作品构图大胆，绘技精湛、巧思和创意都有令人惊艳的赞叹。一幅幅别致的绘画和纯艺术创作没两样。

20世纪80年代后期至今日为连环画"低迷"期。这一时期连环画渐渐被人们抛弃、遗忘。其原因既有内因，也有外因。

图2-53　三毛流浪记

内因：由于出版发行量过大，一年发行连环画七八亿，全国几乎人均一册，导致供大于求，大量积压；由于创作选题集中、重复，如《聊斋故事》、《西游记》等，若干画家争画一个题目，多家出版社分别出版，形成版本过多过滥；由于一些绘画作者长期脱离实际，或疏于现实生活，或片面追求形式的变化，或着眼于经济利益，只求数量，不顾质量，粗制滥造；由于编辑出版部门只从营利出发，偏重于效益，审查把关不严，让大量粗劣之作面世。"多、重、滥、差"的出现，导致连环画走偏，失掉了读者，使连环画市场轰轰烈烈的兴旺局面衰微，逐渐变得冷落萧条。

外因：一是来自外国视觉冲击力极强的动漫进入中国市场；二是随着经济发展，文化传播媒介多元化，电影、电视等传媒的发展都对连环画造成冲击。

但是，连环画并非一蹶不振，随着读图时代的来临，生活节奏加快，人们已经很少有大量时间来阅读那些大部头著作，而文字简短、内容通俗的图画作品毫无疑问又会兴起的。

（三）现代漫画的诞生

在日美漫画、港台漫画的影响下成长起来的70后和80后，他们自身反叛传统的性格和快速接受的能力，使得他们立刻将建立在电影蒙太奇技法上的现代漫画推上市场并发扬光大。他们的周围充满了日本漫画书、漫画雕塑和动画片的动漫书店，他们从小就开始看日美动画片，网络上到处都是Flash动漫，漫游全世界的动漫网站，各种T恤和时装、文具，以及时尚杂志上也满是漫画。这一代人将毫无疑问地成为现代中国动漫产业的主力军。

政府大力扶持加上全国各大院校开设动漫专业，中国发展动漫产业的最佳时机来临。如何在学习前人和他人优势的基础上，开拓属于这个时代的题材和形式，答案就在年轻作者的画笔下了。

二、中国动画发展史

（一）中国动画建国前——早期探索期

中国的动画事业发展很早，20世纪20年代中国的动画先驱万氏兄弟(万嘉综(万籁鸣)、万嘉淇(万古蟾)、万嘉结(万超尘)和万嘉坤(万涤寰))就开始研究动画制作，第一部中国自制的人画合演的《大闹画室》就是他们制作的；1935年，中国第一部有声动画《骆驼献舞》问世；1941年，受到美国动画《白雪公主》的影响，制作了中国第一部大型动画《铁扇公主》，如图2-54所示。

图2-54　铁扇公主

在世界电影史上，《铁扇公主》是继美国《白雪公主》、《小人国》和《木偶奇遇记》后的第四部大型动画，标志中国当时的动画水平接近世界的领先水平。

（二）中国建国初期——蓬勃发展期(新中国成立到1965年)

新中国成立后，中国的动画事业得到了非常快速的发展，不但作品多，而且精品也层出不穷。从1950年的一部动画，发展到20世纪60年代，每年都能制作出十多部动画，其中特别值得一提的就是1961—1964年制作的《大闹天宫》，如图2-55所示。

《大闹天宫》可说是当时国内动画的巅峰之作，从人物、动作、画面及声效等都达到了当时世界的最高水平。这段时期，我国还开始尝试使用不同的动画制作方法，大胆使用中国的传统艺术形式。1947年，我国制作了第一部木偶动画《皇帝梦》，如图2-56所示。1958年，拍摄了第一部剪纸动画《猪八戒吃西瓜》，如图2-57所示。1960年，完成了第一部水墨动画《小蝌蚪找妈妈》，如图2-58所示。

图2-55　大闹天宫

图2-56　皇帝梦

图2-57 猪八戒吃西瓜

图2-58 小蝌蚪找妈妈

1962年，第一部折纸动画《一棵大白菜》问世。新的动画形式的加入，推动中国动画事业达到一个高峰。这个时期内，我国的动画发展还是领先于日本的，而且我国动画有意识地将中国的传统艺术应用到动画中来，这种意识是日本完全无法比拟的。不过，使用传统艺术制作动画的代价之一就是需要更多的时间与精力，这个可能也是当时为什么不制作长篇动画的原因之一；另一个原因就是，当时电视在中国还没有普及，所以动画主要还是在电影院播放，因此，这个时候的动画还没有长篇的连续剧。

（三）中国"文化大革命"时期——停滞期(1966—1977年)

说到中国历史，一个无法回避的时期就是文革时期，中国动画产业明显地受到了影响。1966—1971年这六年中，竟然没有一部动画片制作出来。之后的几年，形势似乎有了一点好转，但是1972—1977年间每年也只有2～4部动画出炉。这一段时期，中国的动画事业几乎是在原地停滞了十多年！

（四）中国改革开放后——缓慢发展期(1978—1998年)

改革开放后，中国动画终于又迈开了沉重的步伐，但是，"文革"带来的弊端积习难返。这一段时期，中国动画的发展难现建国初的强劲气魄，虽然动画产量又开始回升，每年还是有许多动画制作出来，但当年的开创精神已经不复。这表现在很多方面：其一，不再探索新的动画形式，现在见到的，也就是建国时候的那几种传统艺术动画了；其二，可能是因为成本太高，水墨动画几乎不再做了，20年中只做出来一部；其三，由于根深蒂固的思想"动画片就是小孩子看的东西"，没有在动画的取材方面做出突破；其四，"文革"时期，中国许多动画人才流失了，而改革开放初期，又不能马上找到这方面的人才等。

当然，这段时期的精品还是有的，如1983年的《天书奇谭》、1986—1987年制作的《葫芦兄弟》、1984—1987年的《黑猫警长》、1979—1988年的《阿凡提的故事》、1989—1992年的《舒克和贝塔》、1990—1994年的《魔方大厦》等，都是非常精彩的动画，如图2-59～图2-64所示。

图2-59 天书奇谭

图2-60 葫芦兄弟

02

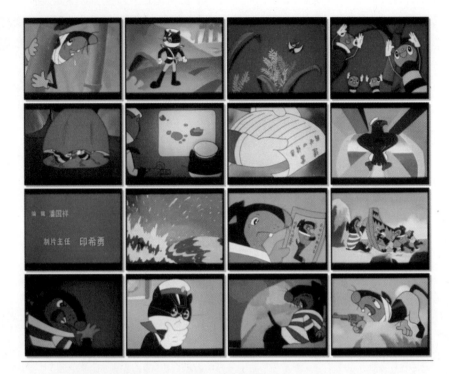

图2-61　黑猫警长

图2-62　阿凡提的故事

图2-63 舒克与贝塔

这个时期的中国动画都有一个共同的缺点，就是太过幼稚化了。中国人心中"动画片就是小孩子看的东西"的观念始终没有被抛开，造成这些动画即使是初中生来看，都嫌浅薄。20世纪90年代初，中国引进了一些国外动画片，其中特别要提到的就是日本动画片《圣斗士星矢》。《圣斗士星矢》在国内播放后，引起了一阵斗士热，使得中国窥到了日本动画的一点点轮廓。其后，又有世界上的各种精品动画引进，中国动画界开始了反思，这直接导致了之后的探索与尝试。

图2-64 魔方大厦

（五）中国动画业现状——探索尝试期(1999年至今)

随着国外动画的不断引进，中国动画界终于知道了自己的不足，于是开始了各种探索与尝试。

1999年中国制作的大型动画《宝莲灯》就是尝试之一，该片吸收国外的制作方法与经验，结合中国的传统神话传说；1999年中国制作的大型长篇动画《西游记》也可以算是尝试之一；1999年开始制作的52集长篇动画《我为歌狂》、52集长篇动画《白鸽岛》与100集长篇动画《封神榜传奇》，也是中国动画界的尝试。

第三节 未来展望

动漫产业，是21世纪最具发展潜力的朝阳产业之一。据我国经济专家预测：中国动漫产业拥有200亿元的广阔市场，并且拥有千亿元产值的巨大发展空间。近年来，随着我国经济发展水平的不断增长，动漫产业得到了政府和相关企业的大力支持，扶持民族产业，鼓励走出国门到国外发展，为国产动漫设计人才输送了巨大的原动力。

动漫人才，历来是经济发达国家应用和需求最为普遍的设计人才。而我国在21世纪前，动漫设计只为少数人知晓，处于少部分人掌握和了解的蒙昧状态，很少有人愿意主动从事动漫专业的相关工作，也很少有人能够在一生的生活、学习当中，将动漫视为在各专业各行业中占有一席之地的产业。尤其在我国的初级阶段，经济比较落后，在大力发展基础产业的前提下，动漫专业尚无适合的发展土壤和空间，动漫设计领域中只有极少数人愿意为之不求生计地为艺术献身，全身心投入到国产动漫产业中去，加之我国动漫产业的局限性，国产原创动漫艺术作品难以走入市场。尤其在21世纪前夕，日本与欧洲动漫艺术作品较大程度地充斥着我国市场，使得国内动漫人才与相关企业无处落脚，也无力展示自身特色与特长，被强大的欧美市场及日本动漫市场压制于脚下。

而进入21世纪之后，我国80后一代新生动漫力量的成长使得国产动漫产业如雨后春笋般成长起来了。加上我国综合国力的增强，人们生活水平的不断提高，精神生活需求的不断增长，动漫原创作品的增加，使得更多的企业和商家看好中国动漫市场。因此，就未来的动漫发展之路来看，中国的动漫市场和消费市场是极富潜力的。

本章小结

欧美动漫的发展历程中，在漫画和动画领域进行了不断的探索与发展，可以说动漫起源于欧洲而兴盛于美国。真正意义上的动漫也是在美国被发扬光大的，其对世界的影响是相当大的，现代著名的超级英雄人物及米老鼠等动漫明星均来源于美国。

日本动漫自1917年发展至今已有90余年的历史。经过一批批动漫人的长期探索，掌握了享誉全球的尖端制作技术，形成了独特的风格。日本动漫的成功并非偶然，经过长期的探索，动漫人最终凭借着引人入胜的故事情节、精良的制作技术和适合的产业结构，将日本动漫推上巅峰，使其成为一种无处不在的娱乐方式。

我国动漫发展有过辉煌，有过挫折，发展水平相对滞后。近年来，随着我国经济发展水平的不断增长，动漫产业得到了政府和企业的大力支持，就未来的动漫发展之路来看，中国的动漫市场和消费市场是极富潜力的。

思考与练习

1. 叙述欧美动漫的发展概况？
2. 叙述日本漫画的发展历程？
3. 叙述日本漫画发展经历了哪六个阶段？
4. 叙述我国动画发展经历了哪几个阶段？

第三章

动漫造型设计

学习要点及目标

- 了解动漫造型的概念及设计依据。
- 了解动漫造型的分类。
- 了解动漫角色造型设计原则与造型规律。
- 了解动漫造型的视觉表达。

本章导读

　　动漫造型设计是动漫制作的重要环节，同时也是将剧本视觉化、具象化的过程。动漫造型设计是决定动漫作品成功与否的关键，一个成功的动漫造型不仅带给受众精彩视觉的享受，而且会为生产者带来丰厚的经济利益，甚至会对几代人产生深刻的影响。

　　除此之外，从制作角度而言，动漫造型设计为后期制作人员提供了参考。

03  **引导案例**

喜羊羊与灰太狼

　　国产原创系列电视动画片《喜羊羊与灰太狼》，由广东原创动力文化传播有限公司出品。自2005年6月推出后，陆续在全国近50家电视台热播，在北京、上海、杭州、南京、广州、福州等城市，《喜羊羊与灰太狼》最高收视率达17.3%，大大超过了同时段播出的境外动画片。此外，该片在香港、中国台湾、东南亚等国家和地区也风靡一时，并荣获由国家广电总局颁发的国家动画片最高奖——"优秀国产动画片一等奖"。

第一节　动漫造型概念及设计依据

一、动漫造型的概念

　　动漫造型设计是指对动漫作品中角色的外形及性格进行造型设计，它包含角色的形态特征设计、服装设计、道具设计及动作设计等。一部动漫作品中，造型所起到的作用是不可估量的，它是作品不可忽视的重要组成部分，它就如同传统影片中的演员，"演员"的选择将直接导致影片的成败。

一个成功的动漫角色形象设计，不仅可以满足创作者与观赏者的审美需要，成为经久不衰的艺术典型，同时也可以折射出一个民族的传统文化、审美情趣和科学技术的发展情况。除此之外，一个成功的动漫角色形象还能够给商家带来巨大的经济利益。

动漫造型设计在专业院校中也是一门重要的动漫专业基础课程，定位于连接绘画造型基础课与动漫专业课程，目的在于全面提高学生的造型素质，培养和提高学生的实际操作能力。它研究分析的原始素材包括自然界和人类创造的一切形象，挖掘它们当中因各自的功能、价值的不同而具有的千变万化的形态美感，在此基础上进行动漫形象的二维或三维空间创造，以满足市场或其他不同目的需要。

二、动漫造型设计的依据

（一）在现实生活中寻找灵感

艺术创作离不开现实生活，动漫造型设计也是如此。动漫造型设计的灵感来源于现实生活，具有很强的主观创造特点，虽然有很强的夸张性，但现实生活依然是动漫造型设计的源泉。动漫造型设计是对现实生活中的人物、动物或者植物等形象的再创造过程，经过创作者的提炼和加工，把生活中的人以及动物、植物，乃至一切物品塑造为动漫造型形象。

动漫造型设计的形象都是在对具体素材整理的基础上，经过夸张、变化产生的。对素材的观摩和理解是动漫造型设计的一个再创作过程。敏锐地观察、捕捉生活中人物的形象特征是进行动漫造型设计的基本功。

对于真实生活的观察，首先关注的是对象的整体形象特征，抓住其特点进行强化表现和塑造，然后捕捉其内在的性格特征和神韵。同时，还要对现实对象日常的行为习惯进行观察和归纳。准确、鲜明、生动是动漫造型设计的三个要素。对生活原型、素材观摩的过程，需要有一定"量"的积累，才能达到"质"的飞跃。

（二）从动漫大师作品中汲取营养

在学习动漫造型设计过程中，除了有意识地进行生活素材的积累，还应向中外著名动漫大师学习。特别是在基础阶段，学习借鉴中外动漫大师的作品是一个有益的过程，通过读解作品的技巧，仔细品味其精神内涵，从中吸取营养，以丰富自己作品的造型内涵。我国相当一批动漫工作者曾经学习日本动漫大师的作品，从中获得有益的启发。

（三）艺术基础课的重要作用

艺术基础课对动漫造型设计具有重要的作用，没有扎实的艺术基本功，就无法将头脑中的形象表现出来。艺术基础课是训练再现自然的能力，动漫造型设计则是训练自由创造的能力，就如同人学走路一样，走稳了才谈得上跑。因此要重视艺术基础课，进行大量的速写及写实性的造型实践；要多看，增强艺术鉴赏力，提高动漫造型设计的表现力。

第二节 动漫造型分类

一、写实类造型

写实类动漫造型在动漫作品中占有很大的比重。这类造型来源于现实世界，形式严谨，较接近现实生活中的角色，是令受众最易于接受的一种造型形式。其造型方法对创作者要求较高，要具备较深厚的绘画功底，但又不同于写实性绘画，动漫的写实类造型是经过提炼、概括、简化，并将突出的特征进行强调美化的造型方法。写实类造型艺术性强，能充分挖掘角色潜在的思想与特点，如图3-1所示。

圣斗士的人物造型在写实的基础上，经过提炼、概括、简化，并将突出的特征进行强调美化，效果非常漂亮。至今仍有许多圣斗士的粉丝还在继续收藏它的系列玩具。

图3-1 圣斗士

二、拟人化造型

拟人即是一个没有生命的物体或动物，经过创作者的构思，在创作者的笔下成为有血有肉、有个性、有灵性的角色，但绝不是给它们加上个眼睛、鼻子和表情这么简单的事。

拟人化造型的实质是要给没有表情的物体或表情较少的动物加上人的思想、表情、情感、动作和语言，最终使它们成为具有人类特质的角色。拟人化的造型创作基于人们对它们的情感，继而在不知不觉间赋予它们人的想象感情，最终产生的效果就是一种看似熟悉的"新鲜感"。

拟人化造型在表现形式上又可分为无生命拟人和有生命拟人。

（一）无生命拟人

无生命拟人即是在保留原物体外形特征的前提下，将冷冰冰的物体加上眼和口、手足、躯干等部分来构成具有生命特征的造型。

例如，迪斯尼公司的《美女与野兽》中的茶煲太太就是典型的例子，除了多了眼睛和嘴巴之外，她的整体外形还是一个茶煲，如图3-2所示。此外，《海绵宝宝》的造型也是如此，如图3-3所示。

图3-2 美女与野兽

图3-3 海绵宝宝

（二）有生命拟人

有生命拟人在动物角色中应用较为普遍，在具体手法上又可分为动作表情拟人和形态结构拟人。

1．动作表情拟人

动作表情拟人就是在外形上保留动物的所有特征，而在动作表情上进行拟人化处理。

图3-4　马达加斯加

图3-5　狮子王

例如，《马达加斯加》、《狮子王》、《小熊维尼》等作品中的动物角色都是运用了动作表情拟人的手法，尽管它们看上去还是动物的形态，但是其行为、动作、表情及心理活动都已经非常"人"化了，如图3-4～图3-6所示。

2．形态结构拟人

形态结构拟人就是使角色造型只保留头部及手足的动物特征，其他诸如躯干、衣着、语言、行为等都用人类的特征来表现。

图3-6　小熊维尼

最典型的代表就是美国迪斯尼的米老鼠(见图3-7)，我国动画片《西游记》中的孙悟空、猪八戒等造型也均属于这一类别，如图3-8所示。

图3-7　米老鼠

图3-8　西游记

拟人化的造型非常受观众的喜爱，特别是受到少年儿童的欢迎。这类造型活泼可爱，深入人心，除了它可以让人们开心快乐外，最重要的一点是这类造型性格并不完美，有着和你我一样的缺点毛病，观之可亲，也许正是如此，才成为备受人们喜爱的真正原因。

三、理想主义造型

所谓理想主义造型，就是在现实的基础上对角色进行理想化的美化与修饰，突出角色造型，强化角色的原型特点，如图3-9所示。

理想主义的角色造型往往用一种理想化的形式对角色造型进行改造。一般体现在以下几个方面。

（一）造型方面

从造型结构着手对动漫角色进行设定，程式化效果明显。典型的例子是日本美少女动漫造型，其手法程式化特征明显，大大的眼睛、小巧的鼻尖、尖尖的下巴以及被夸张的修长的身材等，是其鲜明的风格写照。

图3-9　食灵零

（二）色彩方面

从色彩方面着手是在写实的基础上对色彩的层次进行简化处理，色相对比强化、明度差弱化，色调统一处理，加强装饰味道。

（三）线条表现

在线条表现手法上，强调线条的流畅性，突出线条的装饰美感，使角色造型干净、利落、帅气。

四、漫画类造型

就传统意义而言，漫画是一种具有强烈讽刺或幽默性的绘画。简练是漫画最突出的特征。漫画常用比喻、象征、夸张的方法，不受时间、空间、形象等条件的制约，表现作者的想法，有较大的随意性，如图3-10所示。

漫画在歌颂、抒情、娱乐、讽刺等方面发挥着不可替代的作用。漫画一般多用象征、比拟、变形等手法夸大事物的特征。

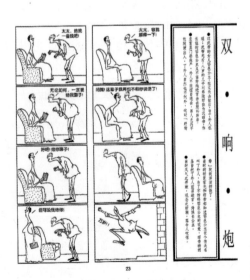

五、符号化造型

符号的概念通常是指字母、电码、语言、数学、化学、符号、交通标志等，但符号学中所指的符号范围比这要广得多。符号学者认为凡是能够作

图3-10　双响炮

为某一种事物的标志的东西，都可以称为符号。

符号化造型的特点是简单，造型抽象，符号化，随意性比较强。如图3-11所示的飞天小女警中的人物造型，简洁、随意，具有较强的符号化特征，很有特点。

图3-11 飞天小女警

六、怪兽类造型

怪兽类造型多采用"结合"或"嫁接"的方式，在一个真实图像的基础上运用夸张、提炼的方法，将多个不同元素黏合在一块，重新组合成一个全新的角色。这种造型可以是人与物的结合，也可以是物与物的结合。

形体与形体的结合是最常用的较为简单直接的形式，形体与形体结合的例子很多，原则是将形态近似的部分相互替换、彼此融合，其中包括物与物、人与动物、动物与动物等的形体结合，如图3-12所示的《魔兽世界》中的角色便是如此。

图3-12 魔兽世界

第三节 动漫角色造型设计原则与造型规律

一、动漫角色造型设计的原则

动漫角色造型设计是整个动漫作品的核心内容，其设计质量对整个动漫作品的影响是相当大的，优秀的造型设计往往会取得事半功倍之效。在动漫角色的造型设计中，应注意把握以下几个原则。

（一）原创性原则

在以符合作品故事情节的需要为基础的前提下，动漫角色造型设计的第一要务是在造型的原创性上做文章。只有原创的设计才能令人耳目一新，才能具备更强的视觉冲击力，别出心裁的形象会取得事半功倍的效果，给人以深刻的视觉印象。

（二）典型性原则

典型是指艺术作品中具有一定本质意义的个性化的艺术形象或形象体系。典型是优秀艺术作品的一个显著特征，塑造出个性鲜明的典型形象具有十分重要的意义。典型形象直接或间接地体现着创作者的审美理想。

动漫作品中的角色造型设计要突出典型性，塑造的角色要个性鲜明，独具特色，或刚强坚毅、或昏庸懦弱、或忠厚老实、或阴险狡黠。在设计过程中要抓住角色的这些性格特点并加以突出，注意与其他角色在性格上拉开距离，才能保持角色的"个人"特点，从而更加充分地进行表演。

 案例3-1

应用典型性原则的成功案例

在作品《西游记》中，唐三奘师徒四人性格突出，个性迥异，其造型本身就产生了极大的戏剧效果，角色性格的差异所带来的戏剧冲突一下就抓住了观众的眼球，如图3-13所示。

《猫和老鼠》中小老鼠杰瑞的机灵、聪明与猫汤姆的懒散、笨拙形成了迥异的性格对比，加上巧妙的情节安排，产生了令人捧腹大笑的效果，从而使人过目不忘，如图3-14所示。

图3-13　西游记

图3-14　猫和老鼠

基于上述案例，可以说成功的角色造型设计是突出典型性格的设计。

（三）民族性原则

大部分国家由不同民族所构成，不同的民族都各有其独特的风俗习惯和文化传统。民族文化是一个民族在长期的社会历史实践中创造出的有别于其他民族的物质文化与精神文化，民族文化对人们的影响是巨大的、深远的。一个民族文化特征最核心的表现是其民族成员共同拥有的文化精神，一个民族的成员拥有专属于他们自己本民族的思想、意识、情感和心理，这些是区别与其他民族的。

就动漫作品而言，时间、地点、内容等是构成动漫故事的重要因素，而故事发生的背景必然与一个民族独特的民族特征密切相关，这些独特的民族特征又对动漫角色的设计有着重要影响。不同的民族文化养育了不同特征的人，这种带有鲜明民族文化特征的要素，在设计动漫角色造型时是不能忽略的。

 案例3-2

应用民族性原则的成功案例

美国动画片《阿拉丁》中小茉莉中分的发型，配上富有典型地域特色的粗宽的眉毛和一双水汪汪的大眼睛，成功地塑造了一个阿拉伯公主的形象，如图3-15所示。

《仙履奇缘》中女性们卷曲的发型、紧身的上衣配上用鲸鱼骨作裙撑的宽大的拖地式长裙，充分显示了西方上流社会贵族追求奢华的特点，如图3-16所示。

图3-15 阿拉丁

图3-16 仙履奇缘

而国产动画片《草原英雄小姐妹》中的人物造型，头戴风雪帽、脚踏毡靴、腰系彩带的形象，是我国内蒙古大草原牧民的典型形象，如图3-17所示。

图3-17　草原英雄小姐妹

(四)历史性原则

动漫作品的创作不能脱离历史,动漫造型设计同样要以历史为依据,其衣着、头饰等皆要与当时的历史真实相吻合,决不可张冠李戴,不同时代的人有着不同的造型特点,在设计动漫角色造型时要注意把握历史性原则。

 案例3-3

应用历史性原则的成功案例

美国动画片《埃及王子》中的人物形象的设计严格遵循古埃及的传统风格,看上去真实可信,如图3-18所示。

图3-18　埃及王子

(五)强化性原则

与以上各原则相比,动漫角色造型的强化性设计对最终效果的影响是非常显著的,运用夸张与变形的手法来强化动漫造型设计，是动漫角色造型设计的主要手法。

所谓夸张是指在原来造型的基础上进行夸大和扩张。所谓变形是指将原来的造型加以变化以求得更加生动的艺术效果。不管是夸张还是变形，目的只有一个，就是让动漫角色的造型得到强化，使其具有强烈的视觉冲击力，给观众留下深刻的印象。

综上所述，动漫角色的造型设计是动漫作品中一个重要的环节，随着时代的发展，优秀的动漫角色造型设计不仅是艺术的化身，还可能带来新的商机，因此对动漫角色造型的设计，不仅仅是艺术风格的设计，因此，不能仅停留在纸上谈兵。如何进行动漫角色造型的艺术性创造与商业性开发的有机结合，将是动漫造型设计师面对的新的挑战。

二、动漫角色造型设计的造型规律

动漫角色造型不是一蹴而就的，在实际创作中，无论是画家还是设计师，在创作或设计过程中都需要遵循一定的要求和规律来完成，这一过程可理解为将头脑中的意念转化为实在的视觉形象的过程。

（一）透视规律

透视是一种描绘视觉空间的科学，也是学习动漫造型需要掌握的基础知识，掌握它便可将一切物体科学真实地在平面上表现出来，使之有远近高低的空间感和立体感。透视学的基本概念和常用名词包括视点、足点、画面、基线、视角、视圈、点心、视心线、视平线等。

透视学的研究范围是人们看物体的三个属性，即形状、色彩和体积，因其远近距离不同而呈现的透视现象主要是缩小、变色和模糊消失。与此相应，透视学研究包括三大部分：①研究物体的透视变形；②研究距离造成的色彩变化，即所谓色彩透视和空气透视；③研究物体在不同距离上的模糊程度，即所谓隐形透视。但通常情况下，我们所说的透视是采用广义角度理解的透视，主要包括以下三个方面。

1．焦点透视

所谓焦点透视，就是严守特定的视点去表现景物，就像照相一样，在固定的立脚点观察近大远小，呈放射状。它就像照相一样，观察者固定在一个立足点上，把能摄入镜头的物象如实地照下来，因为受空间的限制，视阈以外的东西就不能摄入了。焦点透视又分：平行透视、成角透视和倾斜透视。

1) 平行透视

平行透视是指有一面与画面平行，同时有一面与地面平行的正方体透视，如图3-19所示。

正方体处在心点上时，只能看到一个面。处在视中线和视平线上时，能看到两个面。离开视平线时，能看到三个面。

正方体中与画面成角的平行线延长消失于中心点。正方体中与画面平行的面形状不变，若处于同一垂直面时其大小不变，但处于不同垂直面时则有近大远小的面积变化。正方体中其他两侧面和顶底两面，分别离视中线和视平线愈近则愈窄，愈远则愈宽；而分别处在视中线和视平线时，则成为一条直线。

正方体中，垂直方向的线永远垂直，与画面平行的线永远平行。正方体处在视平线以下时，近低远高，看不见底面。处在视平线以上时，近高远低，看不见顶面。

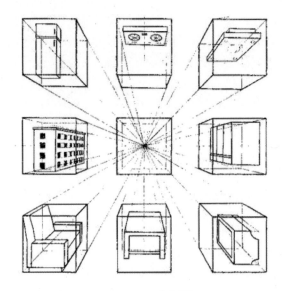

图3-19　平行透视

2) 成角透视

所谓成角透视，是指任何一面都不与画面平行，但有一个面与地面平行的正方体透视，如图3-20所示。

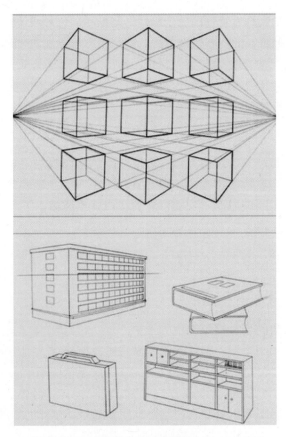

图3-20　成角透视

正方体中，垂直方向的线平行于画面，它们永远垂直，但有近长远短的透视变化。

正方体中有两组线分别与画面成不同角度，它们的延长线在视平线上各消失一点。

正方体处在中心点时，只能看见两个面，在视平线上、下可看到三个面，顶面或底面在视平线时则成为一条直线。

正方体的两侧面，从左往右或从右往左移动，都是由宽变窄或由窄变宽，并且都表现为近大远小。

3) 倾斜透视

所谓倾斜透视，是指有一个面不与地面平行或高仰视、低俯视的正方体透视，如图3-21所示。

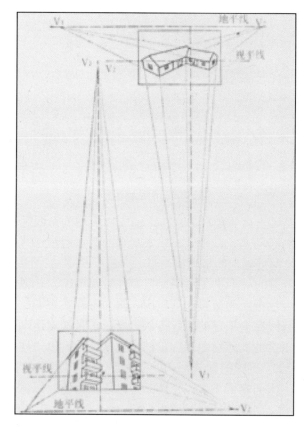

图3-21　倾斜透视

平视中的倾斜透视：倾斜状的平行线向天上延长消失于天点，或向地下延长消失于地点，有近大远小的变化。水平方向的平行线延长消失于视平线上一点。

高仰倾斜透视：垂直方向的平行线向天上延长消失于天点，有下大、上小的变化。水平方向的平行线向视平线上延长消失于一点。

低俯倾斜透视：垂直方向的平行线向底下延长消失于地点，有上大、下小的变化。水平方向的平行线向视平线上延长消失于一点。

2．散点透视

从透视学的整个理论系统形成的整体看，西方焦点透视的研究并不是全部。由于民族不同，社会的政治、哲学、经济、地理环境、科学技术文化的差异，中国传统绘画在表现空间方面有自己独特的科学体系，画家观察点不是固定在一个地方，也不受固定视域的限制，而是根据需要，移动着立足点进行观察，凡各个不同立足点上所看到的东西，都可组织进自己的画面中来。这种透视方法，叫做"散点透视"，也叫"移动视点"。中国山水画能够表现"咫尺千里"的辽阔境界，正是运用这种独特的透视法的结果。

只有采用中国绘画的"散点透视"原理，艺术家才可以创作出数十米、百米以上的长卷，而如果采用西画中"焦点透视"就无法达到。张择端的《清明上河图》就是典型的例子，如图3-22所示。

图3-22　清明上河图

中国山水画常用的三远——平远、深远、高远(宋以后增列第四远——阔远)就是典型的散点透视。中国画家多采用移动式、减距式、以大观小的散点透视法来表现无限丰富的景象，这种手法给画家带来了空间处理上的极大自由度。

如图3-23所示的王希孟的《千里江山图》把多种景观容纳于一幅画面上，从逻辑上讲，有以下几个特点：一是极远视距的透视法则应用，画面不存在视心，远视距物象近大远小的透视变化极不明显，同视线完全平行的平行投影一样；二是相对运动化的视点所构成的视阈的科学组合；三是超越正常的视阈空间和容量的扩大化。作者以"咫尺有千里之趣"的表现手法和精密的笔法，描绘了祖国的锦绣河山。画面千山万壑争雄竞秀，江河交错，烟波浩渺，气势十分雄伟壮丽。山间巉岩飞泉，瓦房茅舍，苍松修竹，绿柳红花点缀其间。山与溪水、江湖之间，渔村野渡、水榭长桥，应有尽有，令人目不暇接。布局交替采用深远、高远、平远的构图法则，撷取不同视角以展现千里江山之胜。

中国山水画透视法的形成，有着悠久的历史。早在南北朝时期，宗炳在《画山水序》中就说："去之稍阔，则其见弥小。今张绢素以远映，则昆阆(昆仑山)之形，可围千方寸之内；竖画三寸，当千切之高；横墨数尺，体百里之迥。"他说的是用一块透明的"绢素"，把辽阔的景物移置其中，可发现近大远小的现象。这是在绘画史上对透视原理的最早论述。到了唐代，王维在其所撰的《山水论》中提出处理山水画中透视关系的要诀是："丈山尺树，寸马分人，远人无目，远树无枝，远山无石，隐隐，眉(黛色)，远水无波，高与云齐。"可见，当时山水画家都是重视透视规律的。到了宋代，中国山水画透视法已形成了完整的体系。直到今天，中国画仍然保持着使用散点透视的作画方法。

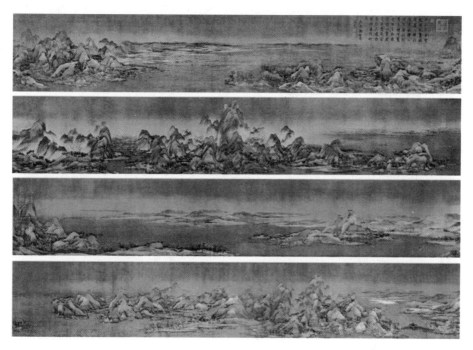

图3-23　千里江山图

03

【拓展知识】

传奇少年王希孟

　　王希孟可以称得上是中国绘画史上仅有的以一张画而名垂千古的天才少年。王希孟18岁时为北宋画院学生，后被召入禁中文书库，曾得到宋徽宗赵佶的亲自传授，半年后即创作了《千里江山图》。

　　惜年寿不永，20余岁即去世，是一位天才而又不幸早亡的优秀青年画家。《千里江山图》为中国北宋青绿山水画作品，中国十大传世名画之一。

3．多元化画面空间形式探索

　　画面因为时间、空间、地域、文化、目的、价值等因素不同，使得人们对形象的认知和审美尺度有别，决定了其观察角度和观察方式上有所不同，导致其形象表现方式的不一样，这种美感追求方向不同的侧重也形成了透视的多样化。

1）古埃及的独特形式

　　古埃及艺术在表现视觉空间方面特征明显，程式化特点鲜明，人物造型采用正面律。所谓"正面律"，就是指表现人物时，头部为正侧面，眼为正面，肩为正面，腰部以下为正侧面。运用以上的表现手法对人物形象进行处理，是为了使人的形象特征更加突出和完整，这也是古埃及绘画追求完整性的体现，如图3-24所示。

图3-24　古埃及壁画

　　人头部的正侧面轮廓一般比较清晰明确，高高隆起的鼻子和凸凹起伏的下巴、脖子、眉弓、额头，最能完整地体现人的面部轮廓；眼睛为正面，是因为正面的眼睛最形象、最典型，能更多地占取画面中面部的空间，也更加醒目和完美；而人的肩膀是正面，是因为古埃及绘画用正面的肩膀表现人物，使人物形成身体轻转的动态效果，从而使人物形象更富于变化，同时也能使双臂的动作更清晰和完整；腰部以下转为侧面，使形象再次产生优美的体态转动；脚为侧面，可以表现完整而典型的脚部特征。

　　以上固定的表现手法，是古埃及艺术正面律的总体特征。这种特征在历时几千年的古埃及艺术中代代相传，没有大的变化。

　　此外，古埃及壁画视觉空间处理上采用横带式结构，水平划分画面。根据人物尊卑安排比例大小和构图，画面充实，几乎不留空，用色也固定程式化。这种"自由式"的空间表现方法被许多现代动漫创作借用，如《埃及王子》(见图3-18)。

　　2) 矛盾空间

　　矛盾空间的形成通常是利用视点的转换和交替，在二维的平面上表现了三维的立体形态，但在三维立体的形体中显现出模棱两可的视觉效果，造成空间的混乱，形成介于二维和三维之间的空间。

　　矛盾空间具有表现多视点的功能，如图3-25所示。

图3-25　埃舍尔作品

在图3-25所示的作品中，埃舍尔利用矛盾空间能够表现多视角的功能，创造出一些自相缠绕的怪圈、一段永远走不完的楼梯或者两个不同视角所看到的两种场景……他所营造的是"一个不可能的世界"，至今仍独树一帜、风靡世界。

 【拓展知识】

埃舍尔

摩里茨·科奈里斯·埃舍尔(M.C.Escher，1898—1972)，荷兰艺术家，埃舍尔把自己称为一个"图形艺术家"，他专门从事于木版画和平版画。

说到埃舍尔，首先让人联想到的就是"迷惑的图画"。明明是向二楼上去的楼梯不知为什么却返回到了一楼，鸟儿在不断的变化中不知什么时候却突然变成了鱼儿，这些图画就是埃舍尔所描绘的幻想的异次元空间，它具有不可思议的魔力，征服着人们的心灵。

他那特别稀有的画风在很长时间以来被美术界视为异端，后来数学家们开始关注埃舍尔的画面的高难度构成，接下来他的画又在年轻人中间大受欢迎，并在世界范围内确立了其不可动摇的地位。

03

（二）形体与结构规律

1. 形体概括规律

现实生活中我们有这样的经验，当一个人离我们很远的时候，从其外在轮廓便可判断高矮胖瘦或是老幼男女，这是依据形体特征来判断的结果。纷繁复杂的形象特征的差别构成了统一而又千变万化的形象世界。

在造型设计过程中，我们可以将任何可见的有体积的物象由繁至简，归纳成最简单的几何形体，并以此为手段去研究和理解形体的特征、连接、构成和运动的关系，由此我们可以很轻易地区别出造型间的形象差别，当然同时还要注意到有关透视、构图等方面的认识。

早在文艺复兴时期人们就已经开始探索形体与结构的规律，意大利的画家在素描中利用几何形体的方法组合人物形象和画面，他们用明确的几何形的方法构成人体、自然物象，使对象和画面的空间构成关系一目了然，这其中起关键作用的是科学的观察方式，即一个物体的长、宽、高及在空间中的状态。

如图3-26所示的路加·卡姆比雅索作品——《一组人体》给了我们有益的启示，对造型的形体结构进行分析和概括，在

图3-26 一组人体

造型设计中具有重要意义，它能够将角色比较大的结构和造型特点准确鲜明地表现出来。这对于表现角色的个性十分重要，尤其在进行整部作品的角色设计时，更容易凸显出角色间的区别，使每个角色的特点更加突出。

2．解剖结构规律

动漫艺术作为艺术的一个门类，研究生物的解剖结构规律是一项必不可少的内容，但是与医学解剖学不同，它侧重从艺术角度来研究生物的解剖结构关系，因此习惯称其为艺术解剖学或造型解剖学。造型解剖学主要研究物体的外部结构及内部结构显露在外部的部分，研究生物因内部结构在姿态改变或运动过程中所形成的外形变化，注重研究正常的比例、形体，最终要揭示其外形变化规律，说明生物结构对外形的影响。

在动漫创作中，研究生物的解剖结构至关重要，它关系到角色造型的准确度。动漫角色造型常常运用夸张的手法，如果不了解解剖结构的规律，如何进行夸张，以及在哪些部位可以夸张就不得而知，不正确的表现是不能产生令人信服的艺术形象的。反之，如果对生物的解剖结构了如指掌，就可以自如地进入自由变化的艺术天地，任意驰骋。

在实际的解剖结构的研究中，我们一般以人物作为主要的研究对象，辅助列举有代表性的动物进行生理结构分析。

1) 人体解剖结构的研究规范

人体造型解剖学在阐述人体结构的位置关系时，和各种人体解剖学一样，无论人体对象处于什么状态，或跑、或跳、或静止、或倒立，都要以规定的"标准解剖学姿势"进行描述，如图3-27所示。

标准解剖学姿势的规定是："全身直立，两眼向前平视，两脚并拢，足尖向前，上肢下垂于躯干两侧，手掌向前。"只有这样描述，才能使人有一个统一、明确的位置概念。

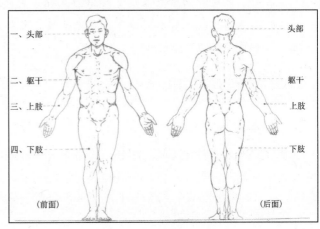

图3-27　标准解剖学姿势

2) 人体的比例结构

为了便于理解人体整体或局部的解剖结构，在各种人体解剖学中，又都将人体外形区分为头部、躯干、上肢和下肢四个部分。具体规定如下。

头部：人体头顶至下颌底及枕外隆凸的结构部分，如图3-28所示。

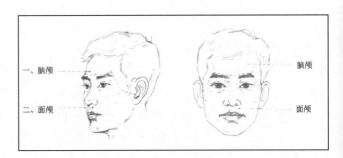

图3-28　头部

躯干：人体下颌底、枕外隆凸至耻骨联合、腹股沟、髂嵴、骶甲的结构部分。它包括人体的"颈、胸、腹、背"，如图3-29所示。

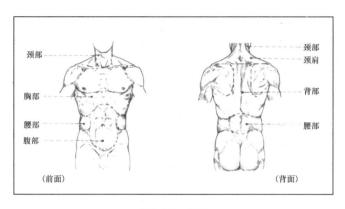

图3-29　躯干

　　上肢：覆盖在躯干上部的锁骨、肩胛骨结构部分称为"上肢带"，又称为"肩"；其余结构部分，即肩关节至手指部分称为"游离上肢"。上肢带和游离上肢两个结构部分统称为"上肢"，如图3-30所示。

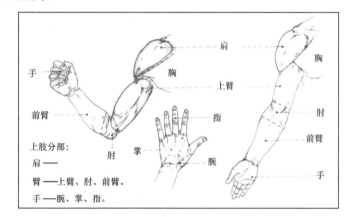

图3-30　上肢

　　下肢：人体下部同躯干腹、背相连的结构部分称为"下肢带"，又称为"髋"；其余结构部分，即髋关节至足底，称为"游离下肢"。下肢带和游离下肢两个结构部分统称为"下肢"，如图3-31所示。

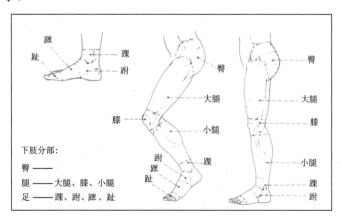

图3-31　下肢

(1) 男性成人身体比例。

对于人体比例的研究，欧洲从古希腊时期就已经开始了，文艺复兴时期许多艺术家在人体比例的研究方面做出了巨大的贡献，意大利美术家达·芬奇的《理想化的男性成人身体比例》尤其具有代表性，如图3-32所示。

具体来说，人体直立、双臂齐肩平伸时，人体的高度同左、右平伸的中指末端距离相等。当人体双臂上举，两手中指末端齐平头顶，并且双腿叉开，使身高下降十分之一时，以脐孔至足底为半径，又以脐孔为圆心作圆，此时两足底和上肢中指末端都处在此圆上。

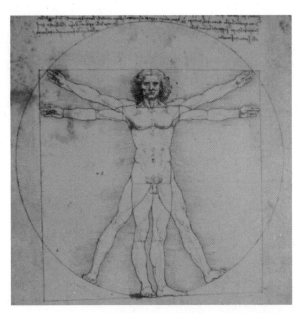

图3-32　达·芬奇的《理想化的男性成人身体比例》图

在欧洲的人体造型中，使用的人体比例，一般采用以身高和头高相比。理想化的男性成人直立时，头高为身高的1/8，这种比例多用于表现英雄人物，在古希腊雕塑制作中多采用这种比例。对一般人来讲，多采用头高为身高的1/7.5。从正面观，头顶至足底之半处，恰于耻骨联合处；人体上半部之半处，为乳头横平线；乳头横平线至头顶之半，为一头高；乳头横平线至耻骨联合之半处，正为脐孔。人体下半部之半，为小腿顶端的胫骨粗隆处(约膝关节稍下)。颈长是头下颌底至肩峰的高度，约为1/3头高。左右肩峰的连线(即肩宽)，为两头高。此外，上肢垂直靠拢躯干时，肘部鹰嘴突约与脐孔齐平腕部正为股骨大转子处。腰宽略小于头高；直立靠拢的两个小腿肚两侧之间最宽处约和腰宽相等；臀宽(即左右股骨最突出部位间的连线宽度)小于胸宽(即左右腋窝的连线宽度)。

从人体背面观，男性成人直立时，头顶至足底之半恰为尾尖处(即尾骨末节尾椎)，头高相当于头顶至第三颈椎处，第七颈椎棘突与肩峰齐平。

从人体侧面观，男性成人直立时，头顶至足底之半，恰为股骨大转子处，胸背最宽处为一头高，足长为身高的1/7，其他比例参数，可依据人体正面造型部位推断，如图3-33所示。

(2) 女性成人身体比例。

一般认为，女性人体，虽然头高也为身高的1/8，但是女性人体皆为长躯干型(躯干和下肢的比例系数大于男性人体)。因而，理想化的女性人体直立时，头顶至足底高度之半高于耻骨联合处，换句话讲，就是女性人体之半，在耻骨联合处的上方部位。这一特征，是表现女性人体的一个重要的比例参数。再者，女性人体的肩宽与头高的比例系数小

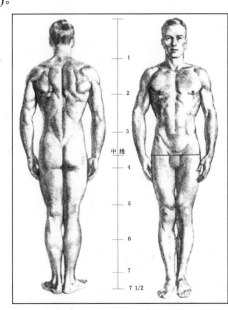

图3-33　男性人体比例图

于男性人体。女性人体的肩宽，不足自身的两个头高，而臀宽与胸宽的比例又大于男性人体，因此，女性人体具有臀宽大于自身胸宽的特征。腰宽与头高相比，女性人体则有腰宽等于头高的趋势，显然女性人体腰宽与头高的比例系数大于男性人体，如图3-34所示。

(3) 身高与头高比例的年龄特征。

一般来讲，一岁儿童身高与头高之比为4：1，而身高的中点在脐孔处。儿童随着年龄的增长，其身高与头高的比例也会随之变化，每个阶段的特征都不同。

以一岁为起点，大约平均每五年左右，增加一个头高的比例。至二十岁左右，身高与头高之比为7.5：1～8：1。身高的中点，自一岁儿童的脐孔处，随着年龄的增长而变化，逐渐向耻骨联合处下移。

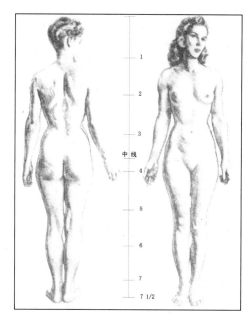

图3-34　女性人体比例图

以一岁儿童为例，肩宽与头高之比为1：1左右，而成人则为2：1左右。随着儿童年龄的增长，肩宽与头高的比例系数逐渐增大。在外形特征上，一岁儿童的胸宽、腰宽、臀宽具有相等的趋势。但是随着儿童年龄的逐渐增长和性别特征的变化，胸宽、腰宽和臀宽也发生了不同的变化，如图3-35所示。

(4) 不同人种身体形态的比例差异。

德国人施特拉茨于1901年在其全球考察女性人体的学术著作中指出：黑种人、黄种人、白种人在身体比例上存在着差别，如图3-36所示。

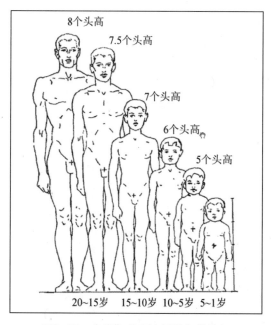

图3- 35　身高与头高比例的年龄特征

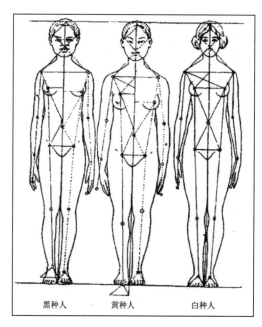

图3-36　不同人种身体形态的比例差异

不同人种身体形态的比例差异提示

黑种人属于短躯干型，身高中点在耻骨联合处，头大，具有较长的下肢和上肢，而躯干较短。黄种人属于长躯干型，人体中点在耻骨联合处之上，头大，具有较短的下肢和较长的上肢。白种人属于中躯干型，头小，颈粗，胸小，腹长，上肢短，下肢比黄种人长，人体中点接近耻骨联合处。

上述提出的人体造型比例问题，虽然阐述得很简单，但是如果深入研究起来，其内容的宽广度要复杂得多，并且人体的基本比例，并非有固定不变的模式。由于造型表现上的需要，对人体比例的审美存在着很大的差别。但是有一点可以肯定，采取不同的比例，人体造型的效果就有所不同，不同的人体比例，能产生不同的美感形式。

3) 人体的骨骼系统

要进行人物角色造型的创作，首先得具备骨骼的知识。骨骼系统是人体的支架，它支撑着外层组织结构和形态，是人体动态变化的主要因素，同时决定着人体形态的大致比例特征。

骨骼对外形的影响非常明显。如果单有皮肤把某一部分骨头遮住，我们把它叫做皮下骨；只有极少数部分的肌肉才能厚实地把下面的骨头完全遮没，即使骨头在深处，它们的特点也能直接影响身体的外形。任何部分骨骼的迹象都是很显著的。

皮肤下的骨骼明显地影响外形，肉愈少的地方，骨骼的迹象愈明显。即使在发育健全的人体上，骨骼的形迹也很明显，例如头的大部分、手足的背部、关节部位等。但在非常健壮的人身上，强有力的肌肉把部分骨骼遮住而形成蚀窝。骨骼外的肌肉起修正骨形的作用，犹如人身上穿的汗衫依附于衫下的身体一样。因此研究人体必须从骨骼开始。

头骨、胸廓与骨盆是骨骼的三个主要部分，它们由可屈曲的脊椎连接起来。一般站立时，三部分的位置上下重叠：肩骨附着于胸廓之上，与臂骨相连；股骨则与骨盆相连。由于脊椎有活动性，头骨、胸廓、骨盆之间的关系能起无数变化。很明显，臂和腿本身的活动性也是很大的，如图3-37所示。

由于骨骼对人体外形的影响很大，我们必须懂得它的结构。肩头之所以圆，因为肱骨头是圆形的；膝部之所以呈立方形，因为这部分的骨呈方形。其他如脑颅骨的圆球形及胸廓的卵圆形等亦是如此。

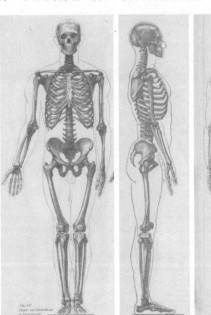
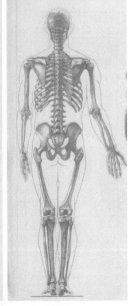

图3-37　人体骨骼

4) 人体的肌肉系统

在懂得和了解骨骼的基本特点，以及它对人体外形所起的作用后，我们进一步研究使人体活动的肌肉系统。人体的肌肉系统，是骨骼与器官产生动态的动力，也是直接构成人体外形的主要结构，如图3-38所示。这样的研究势必要求更全面地了解人体运动及静止时肌肉的基本结构及外形。

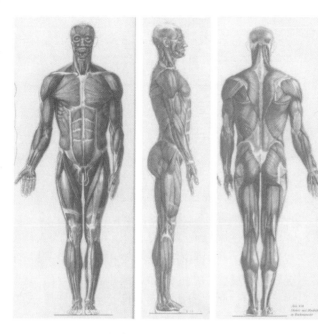

图3-38　人体肌肉系统

像绝大多数生物的形状一样，人体是对称的，每块肌肉有一对，位于中心轴的两侧。这些肌肉与前方的轴，或与后方的轴相邻，彼此相对，好像树叶或蝴蝶的两半。前方的轴自颈窝至耻骨，后方的轴为脊柱。

骨骼是人体固定的支架部分，肌肉附生于这个支架上，我们必须懂得每一块重要肌肉的位置和动作，才能全面了解人体的形状。仅仅从表面上描绘肌肉的外形是会使人迷惑的，因为肌肉并不是固定的，要懂得肌肉的动作和它对外形的影响，懂得在不同的情况下每块肌肉的位置和形状。肌肉的外形随着动作不同而改变，这种变化是微妙的，但若确实懂得它们的结构后，也就不难知道应探求的是哪些地方。

肌肉由可伸缩的纤维构成，它自骨生出，越过一个或几个关节，联结着另一块骨，自较固定的一点及可自由活动的部分，由于它的收缩，肌肉把活动部分拉向固定部分，肌肉能使关节屈曲或伸直，称为屈肌或伸肌。肌肉有时因它们的作用而得名，如内收肌、张肌、旋后肌等；有时因形状而分类，如圆肌、三角肌、二头肌等；某些肌肉因位置而得名，如胸锁乳突肌、胸肌、胫骨前肌等。

上面没有其他肌肉遮盖的肌肉称作浅层肌；下面的肌肉称为深层肌。根据实际需要，创作者主要应熟悉的有66块肌肉。

必须了解每块肌肉三方面的情况，首先应了解的是它的外形，即它的形状和相应的大小；其次是位置和活动范围，即始自哪处，嵌入哪部分；最后是它的作用，即它的动作是什么。

肌肉在人体外形上的变化

肌肉在人体上的外形由三方面情况决定：松弛、收缩和伸直时的状态。

肌肉动作自松弛转入收缩时，显得更为鼓起，伸直时则拉平。在松弛和伸直等情况下，面部和躯干的肌肉变化更多，往往会引起外形发生根本的变化。躯干上的肌肉这一半收缩时，另一半便伸张，这种变化是多样而统一的。

5）人体的运动规律

人体的运动规律体现在平衡上，如果将几个物体竖着摆起来，在不同的角度上让它们处于平衡状态，那么它们共有一个重心。对于一幅画面，不论中心线在哪儿，无论姿态如何，各种力相互作用一定要使画面有稳定感和平衡感，这一点是很重要的。一个站立的人不论他是向前、向后还是向侧面，他的姿态体现在画面上都是稳定的。重心从脖颈处到胸口落在承重的那只脚上，或同时承重在两只脚之间。

为了便于理解平衡，可以用钟摆来做例子，静止不动并站立的人体如同垂直的钟表，一动不动，当钟摆呈弧形左右摆动时，它的重心总是固定不变的。钟摆从重心处呈弧形摆至两侧的极限位置时，其远离重心的程度正相当于人体远离平衡的程度。这个位置体现了最大的运动角度，因此在创作人物角色运动时，即便运动角度达到最大时，动态中也必须有一种稳定感，就像钟摆一样，人体可以重新回到稳定的重心上来，这种平衡感在创作上表现为动作的连贯性和韵律感，如图3-39所示。

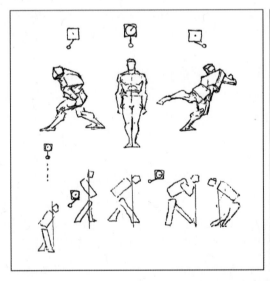

图3-39　人体的运动规律

3．衣褶变化规律

创作穿衣的角色和创作裸体的角色一样需要懂得人体解剖，因为衣褶和人体的关系是非常紧密的，衣褶已成为角色创作中不可分割的一部分。

如同其他东西一样，衣褶有着它自己的形状。单独悬挂着的一件衣服是一件事，穿在每人身上的同一件衣服却又是另一件事，二者的形态迥然不同。表现衣褶主要在于确定衣褶的特征，掌握它的形状大小和方向的变化，然后概括而简略地加以处理，使它的重要性不超过人体本身。在创作过程中，必须设法把衣褶作有条理的安排——穿在人身上的某种衣料，它的起伏状态能确切地表现出来。

穿衣的人体仍保持着人体的主要特点，衣服贴在形体上，并服从于它，即衣褶服从于物理的规律。一般的原则是：衣褶首先服从于依附着的形体，然后再自由下垂；屈曲的大腿关节、肘关节、膝关节使披在上面的衣料拉紧；其他部位没受到约束，那儿的衣褶形成有节奏感的放射状而显得变化多端；两只衣袖上决不会出现同样的褶痕。

衣服绷紧的部分显出了人体的解剖形状，不受约束的衣褶遮蔽了人的体态。衣褶有着改变人体形状的装饰作用，它时而显露、时而隐蔽、时而简化、时而丰富人的体态。

厚实的衣料垂下时只有简单的几处衣褶，轻薄的衣料褶纹则很多。衣褶的特点随质料而改变。易皱的衣料，例如亚麻布衬衫，它的皱纹不同于丝织品的皱纹。

即便是穿了很久的衣着也依然保存着解剖的形象。旧的鞋、旧的手套，脱下后仍保持着肢体原来的样子；一条旧的裤子，即使挂在钩上，仍显示着穿裤人的腿部形状；同样地，湿的衣着紧贴着身体，比干时更彻底地显露出身体的形状来。

古典的衣褶自然地披在人身上，保持着美好的轮廓。设计得好的衣服有助于构成，它能增益人体的形象。衣褶创作贵在简略，概括的形状能增加人体的美。这犹如女子面部的纱巾具有无限妙用，它不单使面庞在隐约中显得格外动人，同时还能简化轮廓，使面部显得紧凑。

此外要明确的是，作画时，帽子须和头部一起构成；项圈得和颈在一起画，拖鞋应和足一起描绘。不管是紧是松，一切衣着应和形体一起画，而不是先画形体，再加衣着。

第四节 动漫造型的视觉表达

一、绘画风格的动漫角色设计

动漫从它诞生的那天起，就注定与绘画密不可分。作为一种独立而且奇特的艺术形式，动漫是艺术家表达思想与创作灵感的最佳载体，为动漫艺术家情感的释放提供了最大限度的空间。

在动漫的创作发展过程中，动漫艺术家们进行了不同风格的视觉表现尝试，传统绘画形式及各种现代绘画形式也被动漫艺术家们引入到动漫创作中。特别是一些小型的动画短片、探索片，各种绘画风格得到充分表现。我国水墨动画《山水情》、《小蝌蚪找妈妈》、《牧笛》就是借用中国水墨画技巧创作的动漫艺术经典之作。

（一）水墨画风格

水墨画是中国画特有的一种绘画形式。水墨画使用中国特有的纸、墨、色进行绘画，以笔法为主导，充分发挥墨的功能，取得"水晕墨章"的艺术效果。

在水墨画中，墨是绘画的主要原料，通过添加不同量的清水控制墨的干、湿、浓、淡，从而形成浓墨、淡墨、干墨、湿墨、焦墨等效果，画出不同的浓淡层次，别有一番风格。

我国动漫艺术家用水墨画的形式创作的《牧笛》、《山水情》等水墨动画片，将中国画梦一般的意境表现得淋漓尽致，被国际动画界称为一绝，如图3-40和图3-41所示。

图3-40　牧笛

图3-41　山水情

（二）年画风格

年画是我国传统的民间艺术，不同地区的年画在造型风格和制作工艺上也不尽相同，常见的有"木版"和"刻纸"两种。

年画色彩艳丽，造型可爱，我国动画片《抬驴》在创作过程中就借鉴了年画的风格，如图3-42所示。

图3-42　抬驴

【拓展知识】

年画简介

年画从制作手法上分为"木板"年画与"刻纸"年画。

"木版"年画是在木板上刻图案，而后再上色印制而成。"木版"年画以天津的杨柳青、山东潍县的杨家埠、江苏苏州的桃花坞、河南的朱仙镇和广东的佛山镇最为著名。年画设色大胆，风格活泼热烈，喻义吉祥。

"刻纸"年画是在纸上用刻刀雕刻出图案。"刻纸"年画的内容以神像为主，雕工细腻、造型传神，神荼、郁垒、钟馗、财神、天官赐福等题材都受到欢迎。

（三）壁画风格

壁画是一个很宽泛的概念，主要是指装饰墙面的绘画作品，包括绘制、雕塑、陶瓷等多种工艺手段。这里所说的壁画风格，主要是指古代传统壁画艺术风格。古代传统壁画如古埃及壁画、中国敦煌壁画等，因年代久远，在色彩、肌理上留下了深深的时代印迹，那种难以绘制的"旧",蕴涵着深厚的历史积淀。

敦煌莫高窟洞内绘有一副壁画《鹿王本生》(见图3-43),画面朱紫、浓妆淋漓,衣衫动荡流转,就似一道绝美的光,亘古照亮艺术的殿堂。艺术家以此为蓝本创作的动画片《九色鹿》保留了中国古代佛教绘画的风格,有着繁华落尽的唯美画面,如图3-44所示。

图3-43 鹿王本生

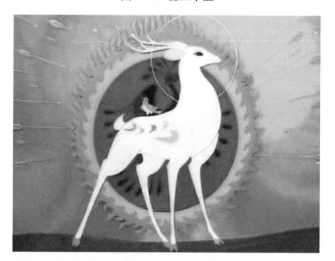

图3-44 九色鹿

二、中国传统民间风格的动漫角色设计

(一)剪纸风格

剪纸是以纸为主要材料,用剪刀或刻刀剪刻出图形和画面的一种民间艺术形式。剪纸在我国有着悠久的历史,是人们丰富生活的一种手段。

中国剪纸讲究刀法、刻法,以剪刻、镂空为主,所用色彩主观性强,色彩鲜艳、浓烈,不拘一格。中国剪纸的造型夸张、极富想象力,各地还形成了本地区的特色,如陕西的剪纸粗犷大气,江南的剪纸精致细巧,广东的剪纸金碧辉煌。

中国剪纸不像一般绘画作品那样追求完整的空间,而是根据作者的创作构思任意组合,造型多为二维的平面空间,用多点透视法将造型组合,用连续的四维空间表现对时空的理解,主观意象性很强。动画片《狐狸打猎人》就是一部优秀的剪纸风格动画片,如图3-45所示。

图3-45　狐狸打猎人

（二）戏曲风格

我国曲戏、戏剧种类繁多，角色的造型、色彩各有特色，如京剧中的生、旦、净、末、丑，脸谱化的人物个性鲜明、风格独特。戏剧中人物的脸谱、服装、道具，角色的动势、步法、念白、眼神，举手投足之间无不给人以美的享受。国产动画片《骄傲的将军》就是借鉴京剧艺术造型与表演风格进行创作的，如图3-46所示。

（三）皮影风格

皮影艺术作为民间艺术的一种，在中国已有千余年的发展历史。皮影的造型是以经过加工的皮革为材料，用刀镂刻出来的。特殊的材料与工艺，使皮影的造型具备了与其他艺术形式完全不同的特点。

皮影艺术的造型与我国其他民间传统工艺一样，夸张生动、寓意吉祥，是民间尤其是广大农村的传统娱乐形式，可以说是一种感染力很强的民间艺术、乡土艺术。《张飞审瓜》在创作中就借鉴了皮影艺术的表现手法与形式，如图3-47所示。

图3-46　骄傲的将军

图3-47　张飞审瓜

（四）实物风格

实物动画是将现实生活中的物品作为拍摄对象，通过改变这些被拍摄对象的位置、角度，逐帧拍摄后使之动起来。可以说生活中的所有物品都能作为动画角色。例如国外的一些动画设计师就常将蔬菜、食品作为动画角色，配上生动有趣的背景或场地，拍摄出别出心裁的动画作品。

（五）木偶风格

木偶包括提线木偶、布袋木偶等多种形式。木偶动画，就是将木偶角色按剧情要求，摆好角度与动作，逐帧拍摄成的动画片。木偶动画与手绘动画的创作原理是一样的，只不过手绘动画要将原动画一帧一帧地画出来，而木偶动画是一帧一帧地拍出来。

木偶动画多种多样，在创作中使用较多的是布偶动画的形式。布偶动画角色在制作造型时，通常先制作金属骨架，然后再在这些骨架上包上胶泥、布料或其他材料。

上海美术电影制片厂1988年创作的《阿凡提的故事》，就是木偶动画的一个新尝试，如图3-48所示。

片中阿凡提细长的头形、黑豆小眼、香肠一样的鼻子和两撇上翘的小胡子，将这位传奇人物机智、幽默的性格表现得淋漓尽致。

图3-48　阿凡提的故事

设计木偶动画角色的造型除了要考虑剧情、艺术风格外，还要考虑材料因素与动画因素，材料不同，动画模式不同，所追求的外形与骨骼也不相同。

三、计算机三维及其他风格

（一）计算机三维风格

三维动画是指运用计算机三维动画软件创作出来的动画。三维动画的角色在造型、色彩、材质、灯光等方面，可以模拟现实生活中的实际状态，能够塑造较强的立体感与空间感。三维动画技术开辟了一个全新的动画视觉艺术领域。

从《玩具总动员》开始，《小鸡快跑》、《汽车总动员》等均采用了三维动画，计算机三维风格成为当今动漫风格的主流。

以《小鸡快跑》(见图3-49)为例，计算机三维风格特征鲜明，主要体现在如下方面。

(1) 立体感与空间感：通过对光的设定，加强动画角色形体的塑造，使造型效果更加完美。

(2) 骨骼与关节：与手绘动画不同，三维动画的角色可以被设定相应的骨骼与关节系统，以利于角色运动与表演。

(3) 材质的渲染：通过给角色表面"粘贴"材质，取得更加逼真的造型效果。

图3-49　小鸡快跑

03

（二）其他风格

动漫创作的过程是发现与表现的过程，是创新的过程。与其他艺术形式一样，动画片也应该是美的、新的艺术的载体。动画片的表现形式应该是丰富多彩的，风格也应该是多样化的。动画艺术是时空的艺术，其创作空间比其他艺术更广大。

毫无疑问，动漫会以更加丰富的内容、更加多彩的形式和更加广泛的题材带给广大观众美的享受。新材料、新组合、新方法都有待进一步研究和探索。

本章小结

动漫造型设计是动漫制作的重要环节，同时也是将剧本视觉化、具象化的过程。动漫造型设计是决定动漫作品成功与否的关键，一个成功的动漫造型不仅带给受众精彩的视觉享受，还会为生产者带来丰厚的经济利益，甚至会对几代人产生深刻的影响。除此之外，从制作角度而言，动漫造型设计也为后期制作人员提供了参考。

思考与练习

1. 叙述动漫造型有哪些？
2. 叙述动漫造型如何分类？
3. 叙述动漫角色造型的设计原则是什么？
4. 叙述动漫角色造型的设计规律有哪些？

动手练一练

练习内容：

以自己的形象为题，结合所学知识，设计动漫造型。

练习步骤：

(1) 以速写形式简练概括画出自己的形象作为参照。

(2) 参照速写稿进行线稿人物造型设计。

(3) 对线稿细节进行不断完善和处理。

(4) 对线稿进行上色。

03

第四章

动漫场景设计

学习要点及目标

- 了解动漫场景设计概念及特点。
- 明确动漫场景设计的主要任务。
- 了解动漫场景设计的设计方法。
- 了解动漫场景设计的时间和空间的表现。

本章导读

动漫的场景设计不仅仅是绘景。它是动漫前期设计中极为重要的环节之一。它往往决定着整部动漫的美术和视觉风格，是一门为展现故事情节，完成戏剧冲突，刻画人物性格的时空造型艺术。好的场景设计能够产生一种"场"的作用，产生一种场景气氛，当景与物都笼罩在这种氛围中时，场景便对观众产生了吸引作用。

引导案例

影响日本动画走向的动画巨制——《风之谷》

电影版《风之谷》是宫崎骏先生的成名作，1984年全日本公映时引起轰动，剧中独特的世界观以及人性价值观深刻地影响了其后十余年日本动画的走向，女主角娜乌西卡更是连续十年占据动画片最佳人气角色排行榜冠军之位，宫崎骏也因此片而奠定了他在全球动画界无可替代的地位，迪斯尼将他尊为"动画界的黑泽明"。

相对于一般动画片而言，《风之谷》堪称是一部动画片中架构宏大、主题严肃、想象瑰丽的英雄史诗。尽管影片的主人公还是个孩子，但其他人物出场众多，绝不是一般动画片里孩子们的世界所堪比拟，形成一个完备的神话/科幻世界。而影片的主题也同样严肃甚至沉重，包括人类的战争、主角横跨世界对于生命的追寻，以及人与自然斗争等。

影片中的世界，不同于现实的世界，却又独具神秘的魔幻色彩，如同后来的"指环王"系列，想象奇异而又丰富多彩。而在魔幻的同时，影片还具有影射现实的科幻色彩，尤其是人与自然既斗争又共存的状态，与我们生活的现实一般无二，而且更有启迪意义，这也是这部影片被称为"环保"影片的原因。

(资料来源：百度百科，http://baike.baidu.com/view/2890.htm)

第一节 动漫场景设计概念及特点

一、动漫场景设计概念

动画场景设计主要是指动画影片中除角色造型以外随着时间和地点改变而变化的一切事物的造型设计，是全片总体空间环境重要的组成部分，是动画前期的一个重要环节。"场景"与我们通常所说的"环境"或"背景"是有一定区别的："环境"指的是剧本所涉及的时代、社会背景以及具体的自然环境、地域等，还包括剧中重要角色生活活动的场所和空间，是一个广义的、大的概念；"背景"指的是静止的画面上起到烘托主体作用的景物；而"场景"是指剧情展开的、具体的、物质的单元场景以及人物活动的空间等，每一个单元场景都是构成动画片环境的基本元素，是将"环境"和"背景"凝练、综合、概括的一个新的综合元素体现。

一方面，场景设计给导演提供了镜头调度、运动主体调度、镜头构图、景物透视与光影及空间想象的依据；另一方面，场景设计直接影响着整部作品的风格和艺术水平。无论是什么样的场景、造型的设计都需要考虑剧本，为主角的性格塑造而服务。场景设计师必须依据剧本构思和角色人物的特定时空线索为创作基础，在影片总体空间造型的统一构思下对每一个单元场景进行设计。

在动画片的创作中，动画场景通常是为动画角色的表演服务的，动画场景的设计要符合故事发生的历史背景、文化风貌、地理环境和时代特征等要求，要明确地表达故事发生的时间、地点，并结合整部影片的总体风格进行设计，给动画角色的表演提供合适的场合。

虽然动画片的场景设计需要具有合理性，但是决不能被动的服从自然，要利用场景设计的线索创作动画的影像景观。有些实验动画片的背景甚至将真实场景进行扭曲变形，夸大造型艺术的灵活性和可能性。有的艺术家甚至极力强调主观意志，强调场景的象征意义。

场景设计有传统的手绘、实景拍摄图形处理和计算机数字构建等多种手段，如图4-1～图4-3所示。

图4-1 传统手绘场景

图4-2 实景拍摄图形处理场景

图4-3 计算机数字构建场景

《大闹天宫》的场景设计

影片《大闹天宫》为突出浓厚的神话气氛，以虚构、夸张和想象的方法使其产生出特别强烈的效果。在空间场景的处理上，背景中的山石等都采用的是中国画的平面处理手法。设计上吸收民间艺术的优良传统，又发挥了丰富的想象力，既有装饰味，又不同于一般人间的东西，色彩统一中显丰富，使这一神话剧充满幻想气氛。但场景、气氛的设计无不为情节的开展与人物性格服务，做到了场景的风格与人物的性格相统一，如图4-4～图4-7所示。

图4-4 大闹天宫场景一

图4-5 大闹天宫场景二

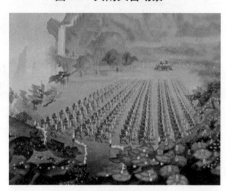

图4-6 大闹天宫场景三

图4-7 大闹天宫场景四

二、动漫场景设计的特点

在动画片的创作中，动漫场景通常是为动漫角色的表演提供服务的，动漫场景的设计要符合要求，展现故事发生的历史背景、文化风貌、地理环境的时代特征；要明确地表达故事发生的时间、地点，结合整部影片的总体风格进行设计，给动画角色的表演提供合适的场合。

在动画片中，动画角色是演绎故事情节的主体，动漫场景则要紧紧围绕角色的表演进行设计。但是，在一些特殊情况下，场景也能成为演绎故事情节的主要"角色"。动漫场景设计与制作时，艺术创作与表演技法要有机结合。

　　场景的设计要依据故事情节的发展分设为若干个不同的镜头场景，如室内景、室外景、街景、乡村等，场景设计师要在符合动画片总体风格的前提下，针对每一个镜头的特定内容进行设计与制作，如图4-8～图4-11所示。

图4-8　室外街市场景

图4-9　室外乡村场景

图4-10　室内场景一

图4-11　室内场景二

第二节　动漫场景设计的主要任务

　　动漫场景的设计，首先要满足角色表演的需求，要处理好角色的行动路线、所处的位置及角色的动作与动漫场景的关系，这也是场景设计的首要任务。动画片的场景是展开剧情、刻画人物的特定的空间环境。动画片的主体是动画角色，其场景就是围绕在角色周围，即角色所处的生活场所、陈设道具、社会环境、自然环境以及历史环境，也包括作为社会背景出现的群众角色，都属于场景设计的范围，都是场景设计要完成的任务。

　　场景设计应符合剧情内容，体现时代特征及体现故事发生的地域特征，反映事件性质和特点，历史时代风貌、民族文化特点、人物生存氛围(职业、身份、年龄、性格、爱好等)，交待故事发生、发展的地点和时间等，传达出特定的时空信息。

　　动漫场景在塑造客观空间的同时，还承载着表现社会空间、心理空间的任务。它与动画的情节、角色的活动紧密联系在一起，与动画角色之间是互动的关系，不能将场景设计当成填补镜头画面空白的一种手段。

一、塑造空间关系

动漫场景安排人物与活动场所的空间关系，它规定和制约着动画某个阶段的角色、叙事、动作、对话的构成与处理，是动画作品情节和故事发生、发展得以展开的空间环境。场景设计师通过对镜头的构图、视角、景别的设计，为角色的运动、镜头的调度提供良好的基础。动漫场景必须符合动画片的剧情内容、体现时代特征、事件的性质及特点。体现剧情发生的地域特性、历史时代、民族文化和角色特征。

任何动漫场景设计都需要有鲜明的时代背景与地域特色，这个时间性与地点性可以是真实的，也可以是虚拟的。

动漫场景设计是以一定的物质材料为媒介，通过线条、形体、色彩和肌理等造型因素，在平面和立体空间中创造出可视的、静止的艺术形象。造型性、视觉性与空间性是动漫场景设计的基本特征。空间性则是动画场景作为视觉艺术的立足之本。因此，动画是属于空间性视觉艺术。

1．物质空间

物质空间有满足人们生活需求的主要特征，也叫叙事空间，是由天然及人造的景物构成的可视的环境空间，是动画作品情节和故事发生、发展得以展开的空间环境。它必须符合动画片的剧情内容，体现时代的特征、事件的性质及特点，体现剧情发生的地域特性、历史时代、民族文化和角色特征，在场景内融入场景外概念，并且把以场景景观为主的场景设计转变为有文化内涵的主题性场景设计，如图4-12和图4-13所示。

图4-12 农舍场景 　　　　　　　　　图4-13 车站入口场景

图4-12和图4-13通过场景的设计，体现出了乡村和城市的差别，从而也告诉观众故事的内容与其有关。

2．社会空间

社会空间是人与人之间的一种社会关系的综合，它是一个虚化的物质空间，是抽象的，但有具体的表现特征，如图4-14和图4-15所示。

图4-14和图4-15说明社会空间主要是通过物质空间的环境和道具以及角色的服饰、行为方式等具体的东西表现出来。从个性空间出发，可以交代角色生存的氛围(职业、身份、年

龄、性格等可以想象的因素)；从社会空间出发，它是地域、文化、时代特征等人为信息。社会空间可通过观众的联想与抽象思维来展开故事情节的高潮，通过特定的历史阶段与情节来为动画片做铺垫。

图4-14　野外场景

图4-15　室内场景

3．个性空间

个性空间是相对于社会空间而言的。它是由自然环境和人造环境构成具体的角色的生存空间或环境画面，如图4-16所示。

图4-16　展现个性空间的场景

图4-16给我们的启示是，个性空间能够体现故事发生的时间、地点、文化、职业、身份、年龄、性格和喜好等特征，它交代和陈述与故事情节、内容、角色设定直接相关的环境和空间。

二、展示角色心理活动

以景抒情、以景叙事是现代动画场景设计的一个突出功能。优秀的场景设计，能烘托出具体的心理变化和内心的情感世界，具有抒情和表意的功能，如图4-17和图4-18所示。

图4-17　动画片场景一

图4-18　动画片场景二

设计师通过对色彩、光影、结构以及镜头角度等合理的设计，将角色的内心情感好恶和情绪变化通过场景表现出来。这种人景的互换，使场景变化成了角色心理活动的外延，通过虚实结合的方式对动画角色的精神与心理进行描述。这种对想象、虚幻的可视化描述，充分发挥了影视艺术视听语言的特点，向观众直接展示出动画角色丰富的内心世界。

三、营造气氛隐喻主题

场景设计师从剧情出发，从角色出发，通过对场景设计要素的有机组织，构建出一个表现动画故事特殊的、典型的情调与氛围的空间形象，如图4-19所示。

图4-19所展示的三个画面，用不同的色彩与色调比较含蓄地表现出浪漫温馨的气氛；欢快活泼的气氛和烦躁不安的气氛。

除了营造各种不同的气氛外，场景设计还能结合剧情用视觉形象来比喻或象征影片的主题，在迪斯尼的经典动画影片《狮子王》中，宽阔的草原上突兀的巨石，既象征了狮子王国广阔的势力范围，又隐喻了捍卫王权的艰辛与风险，如图4-20所示。

图4-19 不同气氛的场景

图4-20 狮子王场景

第三节　动漫场景设计的方法

动漫场景设计主要包括设计和绘制两个方面：首先，要根据动画片的故事文字剧本所描述的空间、时间、场合及地点等进行场景风格创意设定，再根据镜头所要表现的关键内容构思主场景，并根据活动演绎的要求进行活动空间布局，建立立体结构框架，确立总体空间形式；其次，将场景分类组合为若干单元场景，分别从场景的布局结构与规模、色彩基调与气氛效果、艺术风格样式等方面做出艺术化的细节设计和造型处理。

场景绘制主要包括根据场景设计及动画故事基本要求进行具体分镜头场景的细致刻画和渲染，对前后镜头及场景连镜进行统一处理。

一、场景设计的剧本依据

场景设计是动画制作过程中极为重要的一个阶段。场景与其他环节紧密联系，在影片中不仅要起到交代时空关系的作用，更要提供角色表演的特定时间与空间舞台。场景在设计过程中必须根据文字剧本和分镜头脚本的需要来营造特定的意境与情绪基调，需要对整部剧情进行全面的研读和了解，才能够在脑海中形成设计的概念。

场景设计要从剧情出发，从生活出发；要符合时代、社会的背景，符合剧情；熟读、理解剧本；明确历史因素、时代特征；明确地域、民族特点；分析人物；明确影片类型风格；做到场景设计风格与人物造型风格和谐统一。

二、总体设计的思路

总体设计思路首先是指树立统观全局观念，包括场景空间统一、风格统一、表现主题融合等。重点是要把握整个影片主题，因为主题是电影艺术的精神灵魂，是导演思想的最终反映，场景的总体设计必须围绕故事的主题进行。主题反映于场景的视觉形象中，如何表现场景视觉形象，就是要找出影片的基调，优秀动画影片都有统一的基调，影片基调就是通过影片造型、色彩、故事节奏等表现出的一种特有风格。场景总体设计关键在于探索与主题完美结合的独特造型风格。

单元场景在设计过程中首先要有故事整体时空结构意识，全面考虑整个故事演绎过程的场面调度、空间层次、连续运动的各个节点的自然节奏；在设计风格与色彩设定方面要充分展现故事描述中特定的历史风貌、时代气氛、社会风貌及片集特点；在意境方面，既是环境与角色的个性标记，又是角色心理活动的外延；在时间方面要考虑到季节、昼夜和气候等变化因素。

场景设计的成功不仅表现在造型风格与展现效果的完美上，更取决于美术设计师对动画片故事版的深刻解读及熟练地将艺术素养与艺术表现手法与故事内容进行合理地融合与提炼，进而再创作。

素材收集

当我们要设计一个场景时，头脑中也许已有一个大体的或模糊的画面，对里面包含的元素都有一个大体了解，我们要做的工作就是素材的收集，将一些和我们设计内容相关的资料收集起来，以备我们下一步具体设计时选用。

因为所有的设计都是对现实事物的改变、重建和升华，而不是抛弃现实中的东西去凭空臆造，所以，我们一切都要以现实为依据，以达到艺术创作的真实性。

三、场景设计要关注细节

细节在场景设计中非常重要，具有画龙点睛的作用。动画片中丰富、贴切的细节不仅能推动和辅助情节发展，同时也能传达导演的表达意图与审美观念。

第四节　动漫场景设计的时间与空间设计

04

一、动漫场景设计的时间特性

动画片中每一幕场景的转换，都包含有时间与空间关系的变化，这种变化在时间性上是线性的发展，如果我们采用把这条线打乱、剪辑、夸张、缩放以及变形等非线性的变换方式，那么动画在场景变换的效果与叙事的功能上就可能得到无尽地发挥，艺术形式就可能得到无限地拓展。

与漫画或其他绘画及其他艺术形式相比，这些艺术形式只能象征性地表现时间，而动画对于时间的表现则是实在的，有时间的延续、场景镜头的变换与空间的转移。动画不论是角色的表演还是场景、镜头的设计，都是通过时间与空间来展示的。

 【拓展知识】

动画的时间

动画是以秒和格为基本时间单位的，作为动画设计师首先要养成以格或秒来计算时间和表现画面的习惯。只有这样计算动作的时间，分割运动过程中的画面，把握时间的节奏，才能将日常看似平淡的动作演绎得生动和活波。

在动画中常用的一个长镜头的时间长度一般为30s，而大部分标准镜头的时间长度都在3～6s之间，短镜头的时间一般在1s或12格以内。因此作为一个动画设计师，不论是设计师、背景师还是原画设计师，都一定要具有区分动画制作的时间概念和日常生活时间概念的能力。如常规的动画时间显示有人正常走一步的时间为12格，正常的一个眨眼动作(一个循环的动作)的时间为12格。

1. 动画时间的分类

动画的时间大致可分为影片播映时间、事件描述时间和角色运动时间三种。

(1) 影片播映时间：指影片的总长度，也称片长。电影动画片大约90分钟，电视动画片通常有5分钟、10分钟、20分钟等几种规格。影片播映时间的长短受所要表现的故事内容长短的影响，同时也受影片镜头处理技巧、影片总的叙事方式与风格、叙事的速度与节奏的影响。

(2) 事件描述时间：在现实中，事件发生、发展的时间永远是线性和连续向前的，但是在动画片中，叙事时间是创造出来的，是艺术化的时间形态，也是蒙太奇的时间，它既可以表现无限的时间长河，又可以使时间的造型进行片段分切和组合并使其具有意义，同时也是指影片中对故事、内容进行描述、展开的时间。事件描述时间也称叙事时间。

(3) 角色运动时间：角色运动时间是指影片中角色运动、动作、演绎所需的时间。准确把握原画动作设计的时间和节奏，前提是一定不能脱离根据剧情内容构思的整套动作设计及其原画(关键帧)动态选定的这个基点。掌握动画节奏的基本方法是正确处理原画(关键帧)之间的距离、拍摄时间、关键帧的位置和帧数的关系。

2. 动画时间的艺术处理

(1) 压缩技巧：影片所表现的内容，可以涵盖几十年、上百年甚至数千年，而影片的播放时间大多在几十分钟之内，如何在短短几十分钟之内将故事生动、准确、完整地加以表述，这是需要对时间进行压缩处理的。动画设计中，往往会通过几个不同场景的巧妙组合设计来完成任务，如图4-21所示。图中马的动作并没有变化，而是通过场景的变化来表现奔跑的距离。

图4-21　使用压缩技巧的场景

(2) 延伸技巧：在现实生活中，有些精彩场面或动作是一带而过、转瞬即逝、无法复制的，而在动画设计中却可以通过视听语言将这些瞬间的镜头留住、细化、延伸、放大，供人们细细品味。延伸技巧既可以对动画角色的某些动作进行处理，也可以对某个镜头进行处理，如图4-22所示。

图4-22　使用延伸技巧的场景

图4-22截自《埃及王子》，表现主人公越过峡谷前的情景，在场景设计上刻意使用了延伸技巧，给观众一些心理暗示，同时也体现了主人公的信心与决心。

(3) 切换组合：动画片的时间处理可以突破常规和物理学意义上的时间概念，根据情节发展与制作的需要，既可以选择按自然时序进行描述，也可以经过蒙太奇和剪辑重新对时间进行组合与切换。与一般影视作品相比，动画片在时间的处理上拥有更大的自由度，如图4-23所示。

图4-23　切换组合的场景技巧

图4-23运用了不同的角度的切换组合，充分表现出《埃及王子》中主人公跃马飞跃峡谷的壮观一幕。

二、动漫场景的画面构图形式

1. 对称的构图形式

对称式构图，主形置于画面中心，非主形置于主形两边，起平衡作用，画面被均匀分割。对称式构图一般用于静态内容，如图4-24所示。

图4-24　对称式构图

2. 均衡的构图形式

均衡式构图，给人以宁静感和平稳感，但又没有绝对对称的那种呆板、无生气，所以在构图中是常用的形式，均衡也成为构图的基本要求之一。

要使画面均衡，形成均衡式构图，关键是要选好均衡点(均衡物)。什么是均衡点呢？这要从艺术效果上去找，只要位置恰当，小的物体可以与大的物体相均衡，远的物体也可与近的物体相均衡，动的物体也可以均衡静的物体，低的景物可以均衡高的景物。均衡效果的好坏与作者的审美能力、艺术素质有关，多加实践和学习，就可以掌握这种构图形式，把握好这种艺术技巧，如图4-25所示。

图4-25　均衡式构图

3. 集中的构图形式

集中式构图主体处于中心位置，而四周景物呈朝中心集中的构图形式，能将人的视线强烈地引向主体中心，起到聚集的作用，突出主体的鲜明特点，但有时也会产生压迫中心、局促沉重的感觉，如图4-26所示。

图4-26　集中式构图

4．放射的构图形式

放射式构图以主体为核心，景物呈向四周扩散放射的构图形式，可使人的注意力集中到被摄主体上，又有开阔、舒展、扩散的作用。常用于需要突出主体而场面又复杂的场合，也用于使人物或景物在较复杂的情况下产生特殊的效果，如图4-27所示。

04

图4-27　放射式构图

5．重复的构图形式

重复式构图是将统一造型要素重复使用，来表现画面的纵深感、节奏感，如图4-28所示。

图4-28　重复式构图

04

【拓展知识】

构图形式的规律

1. 对比

构图中的对比是把两种不同的造型要素在画面上进行比较，以突出主体的手段。常用的手法有虚实对比、大小对比，也包括远与近、高与低、长与短等对比形式。

2. 呼应

画面中的景物应相互呼应，在顾盼之间取得充满情趣的艺术效果。如果画中的景物各自为政、互不照应的话，那么画面就会失去情趣，显得支离破碎。

画幅范围

动画场景的规格受到电视屏幕规格的影响。普通电视屏障规格是4：3，电影银幕是1：1.38，宽银幕根据屏幕的比例拉伸。动画场景常用规格为12、14、16，还有些特殊规格，如上下推拉、左右推拉、上下左右摇镜、斜拉镜头。一般动画背景的图像大小是根据电视的清晰度制定的，电视片达到72DPI即可，电影片要达到300DPI，对质量要求比较高的影片，也要根据实际要求来定。

三、动漫场景的深度与空间

1. 直线延伸法

近大远小是动漫场景设计中应用最多的一个透视学原理。直线延伸法是透视学中平行透视的一种典型的应用实例，如图4-29所示。

图4-29　直线延伸法示例

在这样的画面上，方向感极强的直线条向画面的深处延伸，指向或明或隐地"灭点"，在画面中渐远减小物体的配合中将人们的目光引向画面深处。画面的深度被充分地表现出来。

2. 横线分割法

横向或斜向的线条层次分明、由近而远地分割，如图4-30所示。

图4-30　横线分割法示例

地面的轮廓线之间互相的交搭关系，明确地表现出画面物体的前后关系，将画面中的地面渐次推向远方，从而生动有效地拓展了画面的深度空间。

3. 曲线延伸法

弧线、曲线都是方向感非常强的线条，也是场景设计中常见的一种设计元素，一条向画面深处延伸的曲线或弧线，能最大限度地展现出画面的纵深感，如图4-31所示。

图4-31　曲线延伸法示例

4. 虚实拓展法

利用物体"近实远虚"的透视规律来营造场景的空间，物体距离越近，形象结构与轮廓越清晰；物体距离越远，物体看上去越模糊。所谓"远人无目、远水无波"。近处的色彩鲜明，远处的灰淡。另外，由于空气中含有水汽，使得远处的景物看起来偏蓝，距离越远蓝色的倾向越明显。在动画场景的空间感设计时，恰当地运用这些特点，就能有效地表现出画面的深度，如图4-32所示。

图4-32　虚实拓展法示例

　　动漫场景的主要特征是以情节和时间的发展顺序为轴线串起来的空间环境，这种以时间顺序为轴线串起来的空间跨度，由于中间的曲折变化情节，因此具有联想特性。背景是在这种跨度中显示每一幅有组织结构的画面，显示每一幅画面的移动，这就形成了场景所要表现的具有时空跨度的空间环境，就形成了时间概念，形成了场景的联想空间。这种场景的联想空间是虚拟的、不固定的、具有时间性的，像电影一样具有时空观念和运动性。

　　动画片中每一幕场景的转换，都包含有时间与空间关系的变迁，这种变化在时间上是线性的发展，如果我们采用把这条线打乱、剪辑、夸张、缩放、变形等非线性的变换方式，那么动画在场景变换的效果与叙事的功能上就可以得到无尽地发挥，艺术形式就可以得到无限地拓展。

　　1. 结合实际，谈谈场景在影片中的功能与作用。
　　2. 举例说明动漫场景的特点和设计要求。
　　3. 结合实际，谈谈场景设计的基本元素。
　　4. 举例说明动漫场景的空间构成与视觉效果。
　　5. 场景表现要注意哪些问题？

练习内容：
以原始部落为题，结合所学知识，设计动漫场景。
练习步骤：
(1) 收集素材，查阅史料。
(2) 进行线搞场景设计。
(3) 对线搞细节进行不断完善出理。
(4) 对线稿进行上色。

第五章

动漫剧本创作

学习要点及目标

● 了解动漫剧本的创作。
● 了解国内动漫剧本的写作过程。

本章导读

　　动漫剧本创作是一个包含策划、写作等多方面知识的专业工作。动漫剧本是一部动漫作品从无到有最为基础与关键的环节，它的好坏将直接影响动漫作品的质量。

引导案例

05

不正确理解动漫剧本导致成本剧增

　　某动画公司聘请一位影视编导编写动漫剧本，该编剧在影视界很有名望，但对动漫却不熟悉，在编写的过程中加入过多的特效，导致后面的制作过程中出现很大麻烦，只做了5集就因成本剧增而不得不放弃拍摄计划，该剧中途流产。

第一节　动漫剧本创作概述

一、动漫剧本概述

　　剧本——"一剧之本"。动漫剧本是一种文学剧本，在整个动漫作品创作过程中处于基础的地位，是一部动漫作品的基础，决定动漫作品的成败。因此，动漫剧本可以说是"一剧之本"。

　　编剧——动漫剧本的作者。编剧是第一个接触生活素材的人，通过他的创造性劳动，对生活素材进行提炼浓缩，构思成动漫形象，把生活原型变成艺术典型。

　　在动漫创作的过程中，编剧的工作是以文字的形式来体现的。在这个阶段，尽管包括动漫形象在内的创作还处于文字表现的阶段，但已经能通过这些文字"独立描绘出鲜明的生活图画"，已经为导演们进行再创造提供了充分的形象基础，包括思想上和艺术形象上。

　　编剧的任务绝不仅仅是给导演提供一个故事梗概，或者是简单地编写人物的对白，因为动漫剧本创作不仅包含文学中塑造形象的方法，还包含对人物性格的描绘和刻画，人物关系的配置，以及整个故事结构的设计，剧本"本身就是一部完整的艺术作品，为未来的动漫奠定基础"。

以动漫的拍摄为例，尽管动画片最终需要通过导演用镜头变成银幕艺术，但还得依靠编剧先通过文字从逻辑上证明影片的构思是可行的，因此，剧本在摄制动漫的过程中起到骨架的作用，而编剧恰恰是这副骨架的创造者。

二、动漫剧本的创作原则

动漫剧本是动漫产业链中的一个重要环节，动漫产业链中各环节的"互动互补"关系就是"价值"的有效传递关系。动漫产品的产业链，既要符合市场受众的消费心理、购买动机、行为和市场主流媒体的播出要求，又要与动漫企业的成本、产品的主渠道、二渠道、出版发行商、影视发行商、品牌授权商、品牌受许方及企业的利润空间策略和国家的政策、企业的资金、市场人才、播出平台以及市场环境等链接起来。

有价值的原创"动漫剧本脚本"，是给这个产业链和"品牌衍生"带来巨大商业价值的源头。因此，在动漫剧本的选题创意、剧本脚本的创作中，要注重以下原则。

（一）商业性

首先，动漫片是一种文化商品。其次，它才是娱乐艺术品。然而它的主要诉求功能，首先是为了满足受众的娱乐需求。在这一点上，我们要做以下几点。

① 了解消费者的消费心理，消费动机。

② 受众的兴趣点，兴奋点。

③ 剧本的创新点。

④ 主渠道目标受众群体。

⑤ 二渠道目标受众群体。

⑥ 衍生产品目标客户群体。

（二）系统策划性

资本投入的主要目的，在于追求投资效益的最大化。而动漫产业投资的巨大效益存在于产业链的下游二渠道(图书出版、音像产品出版、知识产品权收益)和衍生产品。特别是目前中国动漫播映价格低廉和免费的市场环境下，尤为重要。

如果花巨资生产出来的商业动漫片，不能为它的品牌衍生出一条产业链的话，在中国目前的市场环境下，可以断言，这笔投资是血本无归的。因此，这就要求动漫企业，在策划一部商业动画片的前期，也就是在动漫剧本的选题、创意、创作期，一定要树立一种"系统策划"的产品生产和运作理念。

"系统策划"的内涵是指：商业动漫剧本和脚本，绝不仅仅是一个单纯的脚本，而是动漫企业中一个项目的开端，而剧本创作的创作过程，也决非一个孤立、简单的写作过程。从本质上讲，它是一个项目的规划过程。

动漫作为一个商业项目，在推广过程中涉及的环节包括：电视、网络、图书、音像、广告、手机、声讯、卡通形象、品牌及衍生产品，如：玩具、服装、生活用品、娱乐用品、文化用品和食品等。作为剧本编剧，应在选题创意阶段，就要考虑到这些环节，注重项目可行性，考虑到投资的风险性，目标受众的接受度，题材的创新度，主流传媒和产业链各利益群

05

体的诉求度，树立开源节流、有效推广的观念。

在剧本创作的过程中，作为剧本编剧，要充分意识到，投资成本包括前期市场调研、策划成本、制作成本、发行成本、知识产权方案、品牌运营成本、市场策划、拓展成本等，要寻找降低成本的创作方式和手段。

因此，可以说，一项动漫项目启动的源头在动漫剧本，这个项目在剧本选题、创意和剧本创作时就开始了，剧本创作伊始，品牌打造过程也就开始了。

 案例5-1

变形金刚剧本策划的成功之路

1983年，在日本诞生了一部机器人的动画片，主角是一群可以变换为汽车、飞机形状的机器人，设计者日本TAKARA公司推出了MICROMEN和DIACLONE两个系列玩具，其实开始并没有制作相应的动画片，只是依靠漫画杂志进行随刊介绍，最多也只是拍摄了一份玩具广告在电视上播放，但是早期的这些设计始终在强调驾驶员，能够变形的机器人不过是驾驶员操纵的机器，但这些似乎并没有引起消费者的兴趣，以至于市场魅力大打折扣。不过这时候美国人倒是看好了这个设计，这时候美国孩之宝公司主动找上门来，希望与日本的TAKARA株式会社共同开发这些能够变化的机器人玩具，经过一系列的谈判与注资，苦于打不开美国市场的TAKARA最终与孩之宝走到了一起。

孩之宝建议将原来TAKARA的两个系列进行合并，经过双方设计师的封闭研发，孩之宝挑选出MICROMEN和DIACLONE两个系列中一些出色的设计，并分为两派机器人来创作故事。

1984年美国推出大型系列动画片16集《变形金刚》(SEASON 1)，这部动画片的剧本结构完全按照美国人对科幻理念的理解和对将来世界的揭示方式，并借助高科技制作技术，让机器人首次成为和人类一样的智能种族。其宏大非凡的创意，神奇合理的想象，开创了动画片历史的一个经典时代。如图5-1所示。

图5-1 变形金刚

这种彻底的、纯粹的美国版式《变形金刚》在美国100多家电视频道播出后引起了极大轰动，很快就蜚声国际动画市场。

此外，孩之宝公司的变形金刚玩具也随即应运而生，产品销量惊人，几乎90％的儿童都有了一个"变形金刚"玩具。与此同时，关于变形金刚的漫画丛书、游戏等一系列相关的动漫卡通产品也随之涌出，深深地影响了一代人。

三、动漫剧本与小说、影视剧本、舞台剧本

（一）动漫剧本与小说

小说类文学作品可通过文字描绘一幅画面、展示一个场景、叙述一起事件，讲述一段故事，塑造一个人物。读者将作者提供的文字信息在大脑中进行再加工，将这些信息转化成画面。同样的文字，在不同的读者脑中形成的画面不尽相同，这与阅读者当时的阅读心态和心理背景有关系，这也是文字作品与其他作品相比，具有的不可替代的魅力所在，它可以把人带入无限幻想之中。

小说类文学作品，文字出版物是它的最终产品。它与受众互动的最终形式是文字，因此小说类文学作品的创作者，只要完成文字作品的创作，就算是作品的完成。

动漫剧本也可以讲述故事、塑造人物，但它与受众最终的互动形式是拥有声情并茂的画面的动漫片，因此动漫剧本文字稿的完成还只是一个半成品，动漫剧本的最终创作者是动漫制作方，并必须得到委托方和制作方的认可，才是作品的完成。

动漫剧本与小说类文学作品性质并不同。首先从作品的受众来看，小说的受众对象直接是读者，是用文字与受众交流；而动漫剧本受众是制作方，是必须要通过制作成动漫片来与受众交流。小说的作者只要做好情节构思、设置、文字创作，就完成了作品的创作过程；动漫剧本的创作，在完成情节设置、文字描述后，还需要制作方认可和修改，这还只是一个半成品。就文学性来说，动漫剧本比不上小说类文学作品，从这个角度看，动漫剧本和小说类文学作品是根本不同的两个产品。

再从对作品的品评标准看，小说的评价者是读者；而动漫剧本的评价者是制作方。两者的评价体系和评价标准、目的不一样。读者的评价标准是情节离奇、曲折、感人等；而动漫剧本的评价就复杂得多，它与制作方的目的、诉求、评价人的文化素养和水平都有很大的关系。

因此，动漫剧本和小说类文学作品是两个根本不同的文字创作模式和文化产品。

（二）动漫剧本与影视剧本

影视剧因发展较早，已有一套较成熟的从剧本创作到拍摄制作，再到推广发行的市场营销体系。其实，动漫剧本也属于影视剧本范畴，二者的共同点就是都要通过画面与受众产生互动。但动漫剧本毕竟不等同于影视剧本，在相同的表现形式上，两者之间的不同点有很多，这里只选择有代表性的部分，进行举例分析。

1. 选题创意的不同

影视剧本和动漫剧本的创作，均是根据作者的选题创意，来构架故事，表述情节。但二者在选题创意上有根本不同。从选题方面看，影视剧本的选题原则是现实性和可能性，要源于生活，又要高于生活；动漫剧本的选题空间是无限的，它可以是现实的，也可以超越现实，还可以是虚幻的。从创意方面看，影视剧本的创意不能脱离现实性和可能性的要求；而

动漫剧本的创意空间是无限的，它可以根据选材随意夸张、讽刺、幽默以及搞笑。

例如《汽车总动员》的剧本创作极富创意，故事发生在一个奇特的汽车世界，里面有一群会说话、能思考的汽车，款式多样，各种品牌。车库是他们的家，加油站是他们的餐厅，汽车旅馆则是他们旅行的歇脚处，营造了一个十足拟人化的汽车世界，如图5-2所示。优秀的剧本加上精良的制作，《汽车总动员》导演John Lasseter摘取了第64届美国电影电视金球奖最佳动画片奖。

图5-2　汽车总动员

2. 剧本内容的演绎方式不同

影视剧本是通过演员、也就是"人"的表演来演绎剧本内容的；而动漫剧是通过画面加工、制作来演绎剧本内容。两者之间有根本的区别。

用人来演绎一段故事、表现一个情节、展现一幅画面，是有相当大的表演空间的，这也就是为什么影视片中的主要演员要找知名、著名的影视明星来演的主要原因。外形条件好又具有很高表演天赋的明星，利用面部、肢体、语言(台词)的表演，加上导演的编导，摄影师的技术处理和音响效果，会使影视片画面更好看、更有深度、更吸引受众。

动漫剧本的演绎者是画面，是通过动漫的绘画者、制作者，将剧本的角色、内容、情节等进行第二次创作，使它变成会动的画面，配合以台词、声效、音乐等手段来吸引受众，如图5-3所示。

在画面制作成本上，与"人"的表演成本相比较，动画的制作成本更高。例如，片中角色在走路，这个成本在影视片中是不会计算为成本的，而在动画片中，它每走一步都要计入制作成本。由此我们就不难理解宫崎骏的分镜为何如此设计了。

因此，就剧本的演绎的方式来说，动漫片与影视片也有根本的区别。

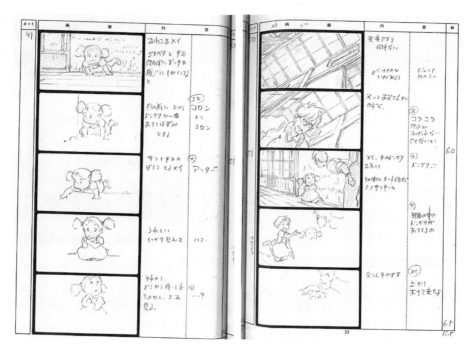

图5-3 大师宫崎骏的分镜设计

3. 剧本中故事、情节的区别

影视剧的故事、情节是来源于生活又高于生活，受众评价一部影视片好看，是根据对片中故事、情节的认同后产生共鸣和感动而作出个人评价的。

动漫受众对故事、情节的真实性、可信性的要求则宽松得多。往往画面的夸张搞笑、幽默讽刺、图画精美，能够使受众在观赏过程中得到心理释放，博观众轻松一笑，便会使观众在一定程度上忽视动画片的真实性，如图5-4所示。

《马达加斯加2》中的企鹅的滑稽动作令人捧腹大笑，娱乐性胜过了真实性。

如果再加上具有人文色彩的内涵，加上一点点感动或带来一些思考，便能够得到好评，不会有人对片中的真实性作认真评价的，这也就是动漫片的魅力所在。因为没有限制，所以它的创意也将是无限的。

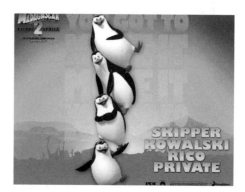

图5-4 马达加斯加2

4. 剧本中画面创作的区别

动漫剧本和影视剧本一样，均需对剧中画面作一些创作性描述。影视剧本中对画面的描述和描写主要考虑演员在画面中的动作。就是说，某些画面是考虑人的表演能力而进行画面创作设置和画面描述的。

动漫剧本中对画面的描述与影视片不同，剧本撰稿人在创作动漫剧本的画面时，要考虑的因素很多，如：画面的美观效果；画面制作效果；画面制作成本；画面的表达效果等。因为有的画面在制作中不会产生很好的效果，或有的画面在制作时，会人为地增加无谓的投资成本和制作成本，如图5-5所示。

以武打画面为例，在影视剧本中可以清晰地描述武打的动作，但在动漫剧本中，一般对这种画面的描述，都是用一团黑烟、云、雾等来描述，不可能、也很难在动漫制作中将这种动作画面制作得像真人的表演那么逼真。因此，在动漫片中表现功夫的都是用一些带有科幻的画面来表现。

综上所述，影视剧本和动漫剧本的创作和写作有相同点又有很明显的不同点。

图5-5　七龙珠中的武打场面

（三）动漫剧本与舞台剧本

舞台剧应该说是人类创作最早的表演方式。在没有电影以前，特别是在中国，大众的娱乐活动，多是在街头、场院搭一个台子来表演一些人间的喜、怒、哀、乐等生活情景，表演形式有说、唱、逗、笑，这是中国最早的娱乐艺术，随着时代的发展而成为现代的戏曲、话剧、歌舞、小品等表现形式，刚开始时台词为即兴创作，发展到现在，就细化到剧本、导演、表演等。但万变不离其宗，这个"宗"即它的行为目的是寻求与受众的互动，获得受众的喜爱和认可。在创作上，还会因为剧种的不同，而要求剧本创作的形式不同。因此，在剧本的创作上，舞台剧也与动漫剧本有明显的不同。

1．台词的设计不同

舞台剧本的台词，是根据剧种的特殊要求而创作的，比如说：戏曲的台词带有明显的各剧种唱腔的韵、味、音要求；话剧则有语言的朗、诵、吟、表演等要求。而动漫剧本台词与舞台剧本台词相比较，有很大的区别，动漫剧本的台词要求除夸张、幽默、讽刺、搞笑之外，还要求台词体现现代"动漫"感和流行感。

2．音响的不同

音响在舞台剧本和动漫剧本创作中，均有一些相应的创作要求。舞台剧本的音响效果体现的是同期声，即当演员在舞台表演时的音响的现实感。动漫剧本创作中的音响创作要求，主要体现在后期制作的配音上，它与同期声相比较，有更大的创作空间，而且，就音乐的原创性和创新空间来说，动漫剧的创新空间要大得多，它可以根据画面的不同，给受众以更强，更大的震撼。

3．表现手法的不同

舞台剧是靠人来表演的，动漫剧是靠画面来表演的。舞台剧表现动作的夸张，但还是局限于人的表现能力范围内，而动漫画面的表演动作的夸张，则是无限的。

因此，就表现手法来说，动漫剧的表现手法，比其他的表现手法要自由和有趣得多，这也就是动漫片最能吸引受众的主要原因之一。

4．表演和制作效果的不同

舞台剧是表演现场效果，动漫片是制作画面效果，两者不可同日而语。因是现场表演，舞台剧的表演没有后期制作，所以，舞台剧的表演技巧要求比动漫剧的表演要求高得多。

5．市场的不同

舞台剧的演出市场和动漫片发行的市场也有明显的区别。舞台剧因场地、受众人数的不同，市场营销模式也就不同。而动漫片是通过制作发行的，它不受市场、场地和受众人数的影响。因此，动漫片的市场比舞台剧的演出市场操作空间要大得多。

四、动漫剧本创作的灵感思维

（一）灵感解读

灵感是创作思维过程中认识飞跃的心理现象，它是一个人在对某一问题长期孜孜以求、冥思苦想之后，通过某一诱导物的启发，一种新的思路突然接通的心理现象。正常人都可能出现灵感，只是水平高低不同而已，并无本质的差别。

（二）灵感的特征

(1) 灵感以抽象思维和形象思维为基础，与其他心理活动紧密相连。
(2) 灵感具有突发性，且消失得很快。
(3) 灵感是创造性思维的结果，是新颖的，甚至是独特的。
(4) 灵感具有情绪性，灵感降临时，人的心情是紧张的、高度兴奋的，甚至陷入痴狂的境地。

（三）灵感如何产生

灵感看似缥缈无常，难于捉摸，但也绝不是毫无规律可循的。

灵感源于生活，生活是什么？探险者说：生活就是不断挑战自我、发现未知的过程。生活是什么？劳动者说：生活就是实实在在地活着。生活是什么？学生们说：生活就是努力汲取知识，开发潜能。生活是什么？老人们说：生活就是安享晚年。生活是什么？答案简直太多了，又有人说，它是战胜挫折的过程，再有人说，它是一种对人的淘汰赛，还有人说……应当说，只有抱着对生活的热爱，用敏感细腻的心灵去感悟生活，出于分享的动机从而产生一种艺术表达上的冲动，才能激发灵感。这便是创作的一种原始心理过程，亦即灵感的源泉之一。

当然，灵感源于生活又高于生活，是创作者结合自身世界观、人生观、价值观，对生活高度提炼，综合知识、经验、追求、思索与智慧而升华了的思想结晶。

第二节　动漫剧本写作及要素

一、动漫剧本的写作步骤

动漫剧本的写作这一部分，主要是介绍一个剧本如何从无到有的过程。不同类型动漫剧本的写作过程有着一定的差别，例如，影院长片的剧本一般主要由一个人主笔完成；而动画电视片因为播出时间间隔短，很多电视片都是边播出边写作，因此，这样的剧本就需要由几个人组成的团队进行写作。

团队一般会由制作人推选出一位主笔，在策划、确定主题与类型后，大家开会讨论故事点与情节的走向，之后主笔在一定时间内负责写出梗概，也就是分集大纲，分集大纲确定后，大家再分头进行写作。以下是写作过程中的基本步骤(这些步骤名称每个人有不同的习惯，但包含的内容大体相同)。

(一) 确定故事梗概

故事梗概用来交代主要的人物、人物之间的关系、主要情节以及最后结局。通常半个小时的剧本，需要写1000字左右的梗概内容。当然，对于投资人而言，梗概情节越详细越好。但切记，在梗概中不要有过多的描述性内容，而应提炼并突出表现情节中最精彩的部分。梗概内容一定要简短、精练，节奏紧凑。

除以上内容外，梗概还要确定故事情节的走向，当然，商业类影片基本都是好人战胜坏人的大团圆结尾，在最终结尾处可以留下一个悬念。留下悬念的目的是增加梗概的诱人性。

(二) 完成分集大纲

如果是电视连续剧，需要在梗概的基础上写分集大纲；如果是影院长片，可以直接写分场大纲。其目的都是在梗概的基础上，具体呈现故事的情节点。写作过程中，如果发现原有的那些情节点无法展开，那么就将其纠正，诸如人名、地名等信息也都要在这个过程中确定下来。分集大纲是剧本写作的指导手册，如果将分集大纲写好，动漫剧本就成功了一半。

(三) 写作剧本

剧本的写作主要是根据梗概，加入人物对白、动作和场景的描写。在写作过程中，注意语言的可视性，因为剧本最终是用来拍摄的，而不是用来阅读的。

二、动漫剧本要素

(一) 主题

简单地说，主题就好比是一篇文章的中心思想。不同的是，动漫剧本的主题都是由动作组成的，动作就是人物的行动，用一个公式表示

$$主题=人物+行动$$

确定了主题就等于确定了故事最核心的内容——人物与事件。主题的选定是剧本创作的肯綮，因为写作剧本最重要的就是知道要写什么，一个主题确定下来，日后的写作就有了航标。

剧本主题选择的方向大多与本民族的情结有着密切的联系，能够引起本民族人们共鸣的作品，必然能在本地区取得商业上的成功，如果这种主题恰好与世界流行文化相融合，那么全球发行的成功也将是必然的。

05

案例5-2

美国的英雄主义主题与日本的环保主题

美国动漫创作者因自身的文化背景，较多表现人物对于权威和传统质疑的主题。比如，《埃及王子》中摩西带领自己的族人冲破束缚，建设理想的自由王国，如图5-6所示。

《罗宾汉》讲述的同样是美式英雄主义故事，如图5-7所示。

图5-6　埃及王子

图5-7　罗宾汉

《小鸡快逃》中主人公争取自由的行为，也成为英雄精神的表现，如图5-8所示。

漫画作品《超人》、《蜘蛛侠》、《蝙蝠侠》更带有浓重的英雄主义色彩，如图5-9所示。

总之，美国动画电影人在美国大众文化的氛围中，迎合观众对影片的心理需求，创作了一系列具有浓重英雄主义色彩的动画影片，在商业上取得了成功。

图5-8　小鸡快跑

图5-9　超人

而日本作为岛国，对于环保主题情有独钟，这正好与全球关注的热点不谋而合。宫崎骏的《幽灵公主》等大部分影片都属于这一类型，如图5-10所示。

图5-10　幽灵公主

由此可见，一部动漫作品主题选择是否得当，成为它日后能否成功的重要前提。学习策划一部动漫剧本的主题，最好的方法就是选择优秀的影片，进行概括主题的练习。

《幽灵公主》简介

动画巨著《幽灵公主》于1997年荣获东京国际电影节最佳视觉效果奖、最佳电脑动画设计奖、最佳剪辑奖、最佳配音奖。《幽灵公主》自一公映，就一度占据着日本电影票房总收入的冠军位置。

《幽灵公主》的背景是日本中世纪的室町时代，它描述了人神魔三者之间的斗争。影片给观众带来了震撼性的冲击，《幽灵公主》的剧本酝酿长达16年之久，胶片总数多达135,000张，这可以说是史无前例的，荧光巨人、魔崇神等也运用了CG数码合成技术（并不是像某些动画片只是使用二维的动画和三维的背景勉强地拼凑起来），片中也有宫崎骏电影中鲜有的残酷血腥的断头断臂镜头。虽然有着一系列视觉上的冲击，但主要的冲击还是来自精神上的。

宫崎骏将"人"和"自然"视为永远不能相互妥协的两个极端，认为人必须破坏自然才能得到自身的生存，而在片中，阿席达卡为了协调两方和平共处，一度在人神之间周旋，但最终也是悲剧性的结局，人和神两败俱伤。阿席达卡也说："我已经尽力阻止过了（指人神大战），但最终还是失败了。"但不管人与自然相互共存的问题能否得到解决，作为人类首要的是生存下去。

影片最后鹿神的死亡令万物得以重生，人们也得重新开始新的生活，阿席达卡对桑说："我们要一起活下去！"再次重申了全剧的主题。

（二）人物

人物是剧本写作的基本要素，因为故事要靠人物来演绎，各种情节设置靠人物去实现。而人物的性格需要通过对白与动作来表现。

在写作剧本之前，最关键的是要了解故事中的人物，这种了解不仅局限于人物的外貌、形体、动作等特征，还应更深入地去了解人物所具有的这些外部特征的内在原因，即当一件事情发生时他所做出反应动作的原因。

漫画人物在画面中静止不动，很难用动作来表现性格，因此在剧本创作阶段就要特别注意人物的语言与造型的个性表现，一旦剧本明确了，也可以为造型设计师指明方向。任何一部作品，人物都不可能只有一个，那么如何能让主要人物从一群人物中凸显出来呢？这就需要确定主要人物需求，让主要事件围绕核心人物进行。设计配角的任务，是让他协助主要人物完成主要动作，并在此过程中塑造性格。

1．确定主要人物的需求

剧本中主人公想要赢取、获得、力争的是什么，这将成为整个故事的内在动因，也就是故事情节围绕的主线。故事的展开就是针对人物的需求设置障碍，在不断排除障碍、不断满足需求的过程中完成故事，同时，在矛盾与障碍解决的过程中，通过人物发生动作，完成对人物的塑造。

2．动漫剧本中的配角

动漫电影与故事片比较，人物关系相对简单，影片中的人物关系具有较为固定的模式，比如经典美国动漫影片的人物关系呈现出两种主要形态，一种是与主人公合作的人物关系，一种是与主人公对立的人物关系。

05

 案例5-3

经典动画影片中的主配角关系

美国动画电影以迪斯尼为例，主角身边的配角宠物，一般是最为重要的合作关系人物。不同时期，配角宠物在叙事中所占有的分量各不相同。迪斯尼制作的动画片《白雪公主》中，七个小矮人成为影片重要的叙事元素。影片有很大篇幅都是用来刻画小矮人以及白雪公主与小矮人之间的关系的。如图5-11所示。

图5-11 白雪公主

影片《小飞象》中的角色安排比较特殊，片中小飞象波比除了有母亲的支持，其他人物都是处于对立的位置。在这种情况下，需要安排一个能够帮助波比与对立角色斗争的人物。马戏团里的小老鼠担当了这一角色，它与波比共同遭受磨难，共同受人排斥，共同与波比克服心理障碍，最后获得成功。如图5-12所示。

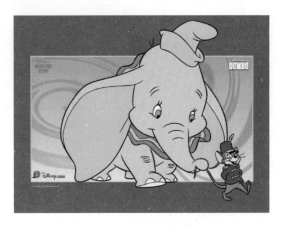

图5-12　小飞象波比与小老鼠

迪斯尼公司与皮克斯工作室合作的动画电影中的配角，与以往迪斯尼出品的动画片中的配角相比，似乎略胜一筹。如2001年上映的动画片《怪物公司》中的杰克，2003年上映的动画片《海底总动员》中的多莉，如图5-13和图5-14所示。

图5-13　怪物公司

图5-14　海底总动员

在衬托主角的基础上，演绎出配角自己的个性，令观众难以忘怀。如此塑造配角，才能成为商业领域与艺术界的双重宠儿。

随着动画观众欣赏水平的提高，影片中人物性格的塑造势在必行。如何能刻画出生动的人物形象？掌握要领是基础，不断分析影片中的人物，反复学习才是关键。

（三）场景

场景就是人物动作发生的空间。很多人认为这属于场景设计的工作，其实不然，任何一部优秀的动漫影片，都会有令观众过目难忘、铭记于心的一个或几个关键场景。这些场景的目的不仅仅是视觉上的呈现，更起到了推动故事情节向前发展的重要作用。

设计场景是要对场景中包含的两个必要信息进行设计，这两个信息是地点和时间。

同样的事件，你是让它发生在室内还是室外？汽车里还是火车上？花园里还是酒吧间？这个场景是在上午还是下午？清晨还是傍晚？选择适合的场景就能增加情节上的偶然性并提供可延展的空间和时间。

（四）叙事结构

动漫剧本的叙事结构是指如何安排情节的开端、发展、高潮和结局。其中的每个环节都需要精心设计，因为这直接影响动漫作品叙事的节奏。

故事要好看，结构要完美。过于平淡的开端必然不能立刻吸引观众的注意力，发展段落缓慢也将影响情节走向高潮，结局如何解决，直接影响作品最终的质量。主线简洁单纯，矛盾的设置强而有力，情感的渲染深入人心，这些共同成为成功动漫影片必备的要素。

以迪斯尼为中心的动漫剧本戏剧结构主要表现为：“首先，影片树立两种对抗的势力，它们相互冲突，产生了危机，经过追逐、纠缠，接下来是一个更大的危机以及最后1秒钟的高潮，来个迅速解决。”经典商业影院动漫采用的都是这种叙事结构。

这样的剧本方法自然不能囊括所有的影片类型，但唯有学好基本的叙事方法，再去研究不同的剧本范例，才能从中形成自己的风格。

1．设置矛盾

矛盾就是故事富于戏剧性的前提，是人物动作展开的背景与动机。

商业动漫电影故事线追求简单、明晰，矛盾设置较为直接。譬如，《白雪公主》中皇后与魔镜的对话：“神奇的魔镜，谁是这世界上最美丽的女人？”魔镜回答：“尊敬的皇后，……她发如乌木，肤如白雪……”这时，观众还没有看到白雪公主，但主要人物白雪公主与皇后的人物关系已经确立。矛盾就此展开，故事也由此开始。

1998年，梦工厂出品的动漫影片《埃及王子》，第一段是没有任何人物对白的纯音乐段落，片中的人物也以群像的形式出现，主要的目的是交代故事发生的时代背景和地域背景，也就是矛盾展开的背景。以美国为代表的商业动漫电影为了能实现最佳的叙事节奏，通常通过音乐的方式来交代背景，设置矛盾。

2．解决矛盾

影片矛盾解决部分，主要是主人公为达到目的而克服逐个障碍的段落。

《埃及王子》中，摩西在神的指引下，带领西伯莱人推翻埃及法老的统治，争取自由是主人公行为的目的。这个过程受到重重阻碍，首先是摩西需要冲破兄弟的情义，接着影片又安排了一系列的斗法。

 【拓展知识】

摩西其人其事

《圣经》中记载，由于移居到埃及的犹太人劳动勤奋，并且以擅长贸易著称，所以积攒了许多财富，这引起了执政者的不满，另外加上执政者对于犹太人的恐惧，所以法老下令杀死新出生的犹太男孩。摩西出生后，其母亲为保其性命，就取了一个蒲草箱，抹上石漆和石油，将孩子放在里头，把箱子搁在河边的芦荻中。后来被来洗澡的埃及公主发现，带回了宫中。

摩西长大后一次失手杀死了一名殴打犹太人的士兵，为了躲避法老的追杀，摩西来到了米甸并娶祭司的女儿西坡拉为妻，生有一子。摩西一日受到了神的感召，回到埃及，并带领居住在埃及的犹太人，离开那里返回故乡。在回乡的路上，摩西得到了神所颁布的《十诫》，即《摩西十诫》。

影片《海底总动员》更加明显、完整地体现了好莱坞经典剧作结构，马林对尼莫的解救构成了影片的对抗段落，整部电影的叙事节奏紧凑，没有任何的拖沓。慌忙失措的马林遇到了患有暂时失忆症的小鱼多莉，正在马林埋怨多莉时，又一个阻碍进入，从小失去父母的大鲨鱼布鲁斯闯入了马林和多莉的视线，虽然他倡导"鱼类是朋友，鱼类不是食物"，但还是由于多莉的意外流血，引起了布鲁斯的攻击，一场鲨鱼与小丑鱼的战争紧紧地抓住观众的视线。

一个危机刚刚平静下来，寻找尼莫的唯一线索——"蛙镜"又掉入了深海黑谷中。在与一只怪物的搏斗中，患有失忆症的多莉竟然记住了蛙镜上留下寻找尼莫的线索——地址。地址给马林找到尼莫带来一线希望，也给了观众片刻的喘息。一连串危机之后的平静，是影片叙事节奏中所必须的关键内容，也是为下一个危机的来临所做的铺垫。

为加快叙事节奏，解决矛盾的段落一般都会采取平行叙事的方法，《海底总动员》中，与马林和多莉一连串危机平行发展的是，尼莫在水族箱内和鲨鱼饵一群朋友的自救行动，这使得本来已经很紧张的剧情更加具有张力。

3. 矛盾的最终解决

在设置障碍与消除障碍的叙事过程中，影片走向了结局，而"结局并不意味着结尾，结局意味着解决"，通过一系列矛盾的解决，主人公实现了最终目的。完美的大团圆结局是商业动漫电影不变的旋律，白雪公主与王子的结合；皮诺曹与父亲团聚；101只斑点狗被解救；埃斯米拉达与费比斯有情人终成眷属；加西莫多受到众人喜爱；摩西带领西伯莱人穿越红海，到达自由王国……观众在跟随电影情节跌宕起伏，最终带着赏善罚恶的满足感离开影院时，商业动漫电影的情节模式也得到了票房的完美验证。

动漫剧本是一种文学剧本，是一部动漫作品的基础，决定动漫作品的成败。动漫剧本在整个动漫作品创作过程中处于基础的地位，可以说是"一剧之本"。

动漫剧本是动漫产业链中的一个重要环节，动漫剧本必须与动漫产业相联系。

动漫剧本虽是一种文学剧本，但却与小说类文学作品、影视剧本和舞台剧本有着很大不同，有自己特殊的写作步骤及相关的要素要求。

1. 叙述什么是动漫剧本？
2. 如何理解动漫剧本与动漫产业之间的联系？
3. 叙述动漫剧本与小说类文学作品、影视剧本和舞台剧本的不同是什么？
4. 叙述动漫剧本的写作步骤？
5. 叙述动漫剧本的写作要素有哪些？

05

第六章

动漫的制作及软件应用

学习要点及目标

- 了解动漫制作的基本步骤。
- 了解动漫制作的相关软件。

本章导读

动漫制作是一个专业且复杂的过程，而且随着动漫制作的硬件、软件设备以及工具、材料的不断推陈出新，动漫的制作也在不断的发展着。

动漫的制作通常包括文字剧本、造型、场景、分镜头、分镜头设计稿、原画、动画、描线、上色、合成、剪接和声音等。动漫前期需要完成的工作，依次是文字剧本编创、造型、场景设计等，当分镜头剧本创作完成之后，动漫的制作进入了中期阶段，即：镜头设计稿、原画、动画等环节的制作。后期制作的任务主要是描线、上色、合成(拍摄)、剪接(编辑)以及影片的声音等方面的工作。后期的工作和电视剧等其他影视作品的制作有很多相似之处。

动漫制作具有很强的实践性、操作性和经验性，鉴于篇幅所限本章仅对动漫制作的中期部分进行介绍。

06

引导案例

Maya软件获奥斯卡奖

Maya软件在《魔界三部曲》中的卓越表现，获得了奥斯卡大奖，从而取得了开电影史之先河。它说明了在当代，优秀软件的加入，对提高作品的制作质量及提升表现效果所起到的作用日益显著。

第一节　镜头及画面在动漫中的应用

动漫中的动画片同电影、电视的表现语言一样属于是视听语言，也就是由镜头画面和声音构成的语言，其中主要的部分是镜头画面语言。

著名电影理论家欧纳斯特·林格伦在其《论电影艺术》一书中说，"回顾有声电影的发展过程，我们发现电影的两大基本元素——画面和声音——已足够说明电影的本质了。"他又说："无论如何，对绝大部分群众来说，印象最深和最持久的东西，还是电影中的视觉部分，开始那些最有效果的影片都是先满足眼睛，其次才满足耳朵的。"这与科学研究的结果是吻合的，因为人们获取信息的来源有80%是视觉，将近20%是听觉。马尔丹在他的《电影语言》一书的开头就讲了画面的意义，他说："画面是电影语言基本的元素，它是电影的原材料。"由此可见画面的重要性，下面介绍镜头画面的相关知识。

一、画格与画帧

画格与画帧分别是电影、电视、动画片中最小的构成单位，英文称Frame，即电影每秒钟24格之中的一格，电视每秒钟25帧中的一帧，如果单独地、静止地来观看，都是一幅完整的画面。因此，人们也都习惯地叫它"画面"。

"画面"一词来源于绘画，因此很容易与绘画的概念相混淆。细究其理，尽管画格与画帧的形式都是一幅画面，但在电影、电视、动画片中，它并不是一幅最终的作品，一般也不能拿出来单独欣赏。因此，为了区别于绘画，也为了区别一般意义上的电影电视的画面，还是称它为一画格或一画帧更准确一些。

电影每秒钟24画格而电视每秒则是25画帧，这是由于电影胶片与电视摄像的记录方式不一样，因此相同单位的时间，二者所得到的画面幅数不同，这一点只是由于各自的科技手段不同，不影响电影、电视语言的形成。

二、镜头

接下来谈谈影视语言中一个重要的概念——镜头，并简要说明它和画面的关系。

镜头也是通行的术语，通常有两个含义。一是指摄影机上的光学镜头，即由透镜系统组合而成的光学部件。但在影视语言中，镜头还有另外一个重要的含义，即指摄影机每一次拍摄的镜头画面，严格地讲就是指摄影机每一次从开机到关机所摄取的那一段连续画面。著名的法国电影理论家马尔丹给镜头下了这样的定义："镜头是拍摄过程中摄影机的马达从开动至停止这段时间内被感光的那段胶片；从剪辑角度看，便是剪两次与接两次之间的那段影片；从观众角度看，便是两个镜头之间的那段影片。"

镜头是由画面构成的，但镜头并不等于画面。有时一个画面就是一个镜头，有时一个镜头却有许多画面。一般说来，镜头能够单独表达一定的含义，而画面则不能。

三、影响镜头画面的因素

（一）机位与景别

所谓机位就是指摄影机与被摄体的相对位置，也就是从观众的视点所处的位置，因此，选择机位是最重要的问题。机位确定了，视点也就确定了，而在这个视点上，我们究竟能看到一些什么，视阈的大小如何，那就要看景别了。

在电影的发端期，机位总是固定在乐队指挥的位置，简单记录摄影机前或舞台上的演出，例如1895年卢米埃尔兄弟所摄的《工厂大门》、《火车进站》以及后来法国电影艺术家梅里爱的戏剧电影，因此电影的镜头画面总是很单调。

电影之所以能变为艺术，与摄影机位置的解放分不开的。摄影机的位置改变了，视点就不再是一成不变的了，这一革命性的改变的意义在于它能准确地传达人类观察事物的确切感受，从此电影被视为镜头艺术。在实际生活中，人们总是根据自己所处的位置和当时的心理需要，或扫视全局、或盯住局部、或看轮廓、或瞧细节。正是模拟人的这种感知特点，电影才相应产生了镜头机位和景别的变化，大至海阔天空的宏观世界，小至蚁穴、细胞的微观领域，都能尽收眼底。

景别的划分并没有绝对统一的标准，一般分为远景、全景、中景、近景、特写和大特写，其实这些划分仍不能规定出具体情况下摄影机与被摄物体的绝对距离，如拍一座房子的近景与拍一个人的近景，由于摄影机与对象之间的距离是不同的，所以这些术语有相当的伸缩性，它们主要是表达一种概念。

景别通常是以人的身高及其他部位为标准来划分的。一般有如下几种。

1. 远景

远景也叫大全景。远景是视距最远的景别，如图6-1所示。

图6-1　远景例图

 技巧提示

远景景别的画面可以展示辽阔深远的场景，人在其中只是星星点点。远景给人的感觉好像是站在远处观看一样，远取其势，是远景的特长。

2. 全景

全景的画面比远景小一些，在取景框内以能容纳站立的全身人为准。它可使观众看到人物的全身动作及其周围一部分环境，如图6-2所示。

图6-2　全景例图

技巧提示

全景与远景一样，也是一种最基本的景别，是用来介绍环境和展示事物的全貌。在叙事的段落中，全景一般不可缺少。因为要用它来确定事件发展的空间范围，所以一般称为"定位镜头"。

3．中景

中景的画面可显示人物大半身的形体动作，一般摄取人的膝盖以上，如图6-3所示。

图6-3 中景例图

 技巧提示

中景能给人物以自由活动的表演空间，能表现人物之间的关系，又不会与周围环境气氛脱节，尤其可表现手的动作。中景是影视作品中常用的一种景别。

4．近景

近景是摄取人物腰部以上的一种画面，如图6-4所示。

图6-4 近景例图

技巧提示

近景画面能使观众看清楚人物的面部表情、或某种形体动作、或物体的某些细节，因此在广告中常常用到。

5．特写

特写即摄取肩部以上或人体的某个局部，一件小的物品或物品的一个细小部位的画面，如图6-5所示。

图6-5 特写例图

 技巧提示

特写是视距最近的镜头。它的取景是将所要强调的物体占满屏幕。取景更小的也称为大特写。特写的表现力极其丰富，能给人以体察入微的感觉。特写镜头是主观性很强的镜头，常常带有极大的强迫性或提醒、暗示的作用。

（二）镜头运动

镜头的运动是影视最大的优势，也是影视艺术区别于其他艺术形式的根本属性。其实，镜头的运动与人的视觉运动十分类似。1896年卢米埃尔派他的摄影师普罗米奥去意大利拍片，普罗米奥乘船时看到河岸的景色在向后移动，由此受到启发，从而发明了移动摄影。它"既可以使画面显得特别真实，而且能使观众与摄影机一同移动的时候，产生一种身临其境之感"。从此，摄影机不只是忠实的记录者，它开始参与创作，它的各种运动带有很强的倾向性，能很好地传达创作者的思想感情。

运动镜头的方式很多，常见的有推、拉、摇、移、跟等。

1．推

推就是被摄体不动，摄影机的变焦距镜头向主体推进的连续画面。随着摄影机镜头向前推进，被摄体就在画面中逐渐变大，观众的注意力也就被引导过来。推镜头的作用很像我们视线的投向与集中，使所要强调的人或物从整个环境中显现出来。"推"也可以用来强调部分与整体的关系。

2．拉

拉在技术上与推镜头正好相反，是由局部到整体，使人有远离目标的感觉。在情绪上，它比推镜头更能吸引人的注意力，有时还能制造悬念的作用。

3．摇

摇是指拍摄时，摄影机的机位不变，只是镜头轴线方向发生变化，使机身作上下、左右、旋转等运动。摇镜头包括水平方向运动的左右摇，沿垂直方向运动的上下摇，以及上下左右相结合的复合摇。摇拍使人眼睛产生在一个定点上环顾四周的感觉，它可以跟踪动体，展示环境，烘托情绪，营造气氛。摇拍时要考虑到镜头剪辑，还要顾及观众能否看清画面内容。

4．移

移是指在拍摄过程中，摄影机的机位边移动时边拍摄，这样拍摄下来的镜头，其画面给人以巡视或展示的感觉，使行进中的人产生观看四周的感觉。移镜头可以灵活地进行场面调度，有效地表现空间位置。因为机位在移动，其运动感很强，具有连续性和完整性，所以移是画面造型的重要手段。

5．跟

跟是指而摄影机跟随运动的被摄物体拍摄。跟拍的形式虽然有多种，但都是跟随着动态中的被摄物体，而被摄物体始终处在画面中随着背景不断变化。跟拍可以交代被摄体的运动方向、速度、体态，使其动态保持连贯和完整，从而产生视觉追随的效果。

除此之外，随着摄影机拍摄角度的不同变化，观众会对被摄物体有完全不同的感觉，情绪也会随之变化，并且角度还能决定画面的性质，它带有作者的强烈感情色彩。

（三）拍摄角度

角度是决定画面构成的重要因素，机位相同而角度不同，所得到的画面情感和心理含义也将不同。

1．一般角度

一般角度也称平角，即将摄影机调置到被摄体的视平线的高度来拍摄，如图6-6所示。

图6-6　一般角度例图

技巧提示

平角拍摄得到的画面，会使观众感受到自己同剧中角色处于同等的位置上。

2．仰角

仰角拍摄就是将摄影机置于视平线以下，从低处仰摄被摄物体，如图6-7所示。

图6-7　仰角例图

技巧提示

仰角拍摄使观众感觉被摄体形象高大、强壮、悲壮，有纪念碑式的效果。

3．俯角

俯角与仰角相反，拍摄时将摄影机置于视平线之上的位置，从高处俯拍被摄物体。俯拍一般容易展示物体全貌，如图6-8所示。

4．倾斜角

倾斜角是使被摄物体与视平线成一定角度，再改变取景框中水平线的位置，如图6-9所示。

图6-8　俯角例图

图6-9　倾斜角例图

技巧提示

倾斜角的使用可表现惊险和不安定的画面，这种画面有时可以使人感觉滑稽或不可捉摸。

5. 主观拍摄角度

主观拍摄角度也称主观镜头，就是将摄影机置于影片中某位演员的位置上，以该演员或某物体的视点向观众展示景物。主观镜头可以用来表现人物的亲身感受。

6. 客观拍摄角度

客观拍摄角度也叫客观镜头，代表导演的眼睛，从客观角度来叙述和表现一切。它往往能给观众一种客观的印象，但主观感情色彩不强。

7. 长镜头

长镜头是指长时间的、连续拍摄的镜头，即从开机到关机的时间比较长。长镜头可以得到一段较长时间的镜头画面。在拍摄的过程中，镜头、景也可以任意变化。

四、蒙太奇

（一）库里肖夫效应

20世纪20年代初期，前苏联著名的电影大师库里肖夫做过一个有名试验。他把当时著名的男演员莫兹尤辛的一张没有具体表情的中性的脸庞与一盆汤、一副棺材中的老妇和一个小孩分别组接在一起，然后请人分别观看这三组镜头中的一组，而观众得到完全不同的感受和印象。看到第一组，即特写——汤——特写，观众觉得莫兹尤辛很饿；看第二组，即特写——棺材——特写，观众认为莫兹尤辛很悲痛；而看第三组，即特写——小孩——特写，观众感到莫兹尤辛很喜欢那个小孩子。

这个试验十分清楚地表明镜头的组接、顺序与排列会神奇地影响观众的感觉。实验中的每种组合，都使得观众自行的在心理上将两个完全不同的镜头连在一起，并产生一种联想，促使他们看到两个镜头间本没有出现的东西，体会出其中隐藏的意味。

这以后，库里肖夫的弟子爱森斯坦也从中国的象形文字中得到启示，如把"口"字和"鸟"字组合起来，就会产生新的含义"鸣"。20世纪20年代中期，在库里肖夫、爱森斯坦、普多夫金等一批前苏联电影大师的努力下，创建了"蒙太奇电影美学学派"，又叫"苏联电影美学学派"。

 【拓展知识】

库里肖夫

库里肖夫(1899—1970)，苏联电影导演，理论家，如图6-10所示。

图6-10　库里肖夫

库里肖夫1899年1月13日生于坦波夫，1970年3月29日卒于莫斯科。1916年他进入电影界，1918年导演了第一部影片《工程师普赖特的方案》，1919年在苏联国立电影学校建立了教学工作室，培养了B.N.普多夫金等电影导演和演员。从1916年开始，致力于研究电影艺术的基本规律，在他结合了自己的艺术实践和美国影片，特别是D.W.格里菲斯的影片后，提出了蒙太奇理论：将同一镜头与不同镜头分别组接，就可创造出不同的审美含意。他的理论在C.M.爱森斯坦和普多夫金的作用下传播开来，对世界电影理论产生了重大影响。他执导的影片有《死光》、《遵守法律》、《铁木儿的誓言》、《我们从乌拉尔来》等，写有《电影导演实践》、《电影导演基础》和《镜头与蒙太奇》等著作。

（二）何谓蒙太奇

蒙太奇(Montage)，原是法语中一个建筑学术语，原意是安装、组合、构成，借用到电影中，最初就是指镜头和镜头的组接，并很快成为电影界的通用术语，然而在电影、电视日新月异的发展中，蒙太奇早已超出镜头组接的范畴。很多场面调度变化频繁的长镜头，在一个镜头画面的内部，蒙太奇处理往往比一系列静止的短镜头的组接更为复杂，更何况这类长镜头往往是运动镜头，不仅画面内的被摄物体在运动，而且摄影机的镜头也在运动，其中蒙太奇的运用，可谓变化无穷。尤其是电影出现了声音以后，声音与画面又有无数组合与构成的方式，极大地丰富了电影的表现力，因此，今天的蒙太奇实际上包括了一切"镜头调度"和"声音构成"的全部技巧。

蒙太奇确实是影视创作中极为重要的概念，但遗憾的是迄今为止，蒙太奇还没有一个统一的定义。大英百科全书解释为："蒙太奇指的是通过传达作品意图的最佳方式，对影片进行的剪辑、剪接以及把曝光的影片组接起来的工作。"

法国电影理论家马赛尔·马尔丹在《电影语言》一书中写道："蒙太奇是电影语言最独特的基础。""蒙太奇意味着将一部影片的各种镜头在某种顺序和延续时间的条件下组织起来。"

前苏联电影导演爱森斯坦认为蒙太奇"不是用连接在一起的画面叙述思想，而是通过彼此独立的两个画面的冲突而产生思想"。

【拓展知识】

爱森斯坦

爱森斯坦(1898—1948)前苏联电影导演，电影艺术理论家、教育家。俄罗斯联邦共和国功勋艺术家，艺术学博士、教授，如图6-11所示。

1898年1月22日生于里加，1948年2月11日卒于莫斯科。1920年他到莫斯科第一无产阶级文化协会工人剧院工作，他以美工师和导演的身份参加了根据J.伦敦的小说改编的话剧《墨西哥人》的演出。1921—1922年，他进入由B.梅耶荷德指导的高级导演班学习。1922年，在《左翼艺术战线》杂志上发表了第一篇纲领性的美学宣言《杂耍蒙太奇》，以致引起了长期的争论，并对整个电影艺术的发展产生了深远的影响。

（资料来源：百度百科，http://baike.baidu.com/view/54765.htm）

图6-11　爱森斯坦

我国电影理论家夏衍指出："蒙太奇，就是依照着情节的发展和观众注意力与关心的程序，把一个个镜头合乎逻辑地、有节奏地连接起来，使观众得到一个明确的、生动的印象或感觉，从而使他们正确地了解事情发展的一种技巧。"

名家之言虽然众说纷纭，但基本论点并没有多大出入，主要有两点：其一是蒙太奇是影视创作中的一种独特的思维方法；其二蒙太奇是画面语言的构成方法，蒙太奇实际上就如同用镜头在屏幕上写文章，用具体的视觉、听觉、形象表意。

（三）蒙太奇的依据

蒙太奇的产生依据首先是利用人类观察和认识世界的方法，包括人的视听感受的经验，并利用分析、综合、联想、回忆、想象等思维规律；其次是依据美学原则即艺术反映现实的需要，对生活素材进行选择、提炼、概括、集中、加工、改造，使之典型化和富于美感，这一过程渗透着创作者的思想、感情、态度和创作意图；再次是影视艺术本身的制作工艺、技术手段所带来的艺术表现的可能性和局限性。所以蒙太奇也就是依据自己对生活的观察、认识而采取的表现世界的一种方式。

前苏联著名导演和理论家普多夫金曾经举过这样一个例子，来说明蒙太奇的依据，他说："让我们举一个从街上走过的示威游行队伍作例子。试想一下，一个观察者怎样来看这个示威游行队伍？为了要得到一个清楚明确的印象，他一定要采取某种行动。首先，他一定要爬上房顶，这样就可以俯瞰游行队伍的全貌并估量游行的人数；然后他就要下来，从第一层楼的窗户向外看游行者举起的旗帜上的口号；最后，为了要看清楚参加游行者的面貌，他还得跑到游行队伍中去。这个观察者变换他的视点已经有三次，他之所以时而从近处看看，时而又跑到远处望望，就是要从他所观察的现象中得到一幅尽可能完整而无遗漏的画面。""就在这个时候，电影中初次出现了特写、中景和远景的概念。"美国人首先探索了如何设法用摄影机来代替这种活动的观察者。

这个例子说明为了得到准确的、完整的印象必须采用多变化的角度视点。其实每个人都有自己的蒙太奇，每个人都根据自己的哲学观点、生活态度，对事物产生独特的见解，来观察生活、观察事物。因此，蒙太奇也是因人而异的。

【拓展知识】

普多夫金

普多夫金，前苏联著名导演，演员，理论家，如图6-12所示。

1893年2月28日生于奔萨，1953年6月30日卒于莫斯科。他当过技师、音乐家及业余演员，1924年独立执导《棋迷》，1925年后独立拍片，1926年导演根据高尔基同名小说改编的影片《母亲》使他声名大振，此后又导演了《圣彼得堡的末日》和《成吉思汗的后代》，这几部影片奠定了他在世界影坛上的地位。其他的还有《米宁和波札尔斯基》、《逃兵》、《苏沃洛夫大元帅》、《海军上将纳希莫夫》、《俄罗斯航空之父茹阔斯基》等影片，多次荣获斯大林奖。普多夫金首先把戏剧中的斯坦尼斯拉夫斯基体系用于电影演员的指导，他的有关电影表演的理论在世界电影表演方面产生了很大影响，他对电影的特性、蒙太奇、电影声音等理论也有重要贡献。

图6-12 普多夫金

(四) 蒙太奇的构成

镜头是构成蒙太奇的基本单位。蒙太奇理论的创建人之一，前苏联著名电影导演普多夫金说过："蒙太奇是电影导演的语言，正如生活中的语言那样，在蒙太奇中也有单词，即拍好的一段胶片；也有句子，即这些片断的组合。"

一般来说单个镜头往往不具有完整的叙事功能，完整的意思是由镜头组接后产生的。库里肖夫效应一直被奉为蒙太奇的典范，这说明在电影中所表现出的一段完整的内涵是经蒙太奇组接才产生的。

镜头组合的顺序不同，含义也就不同。普多夫金曾经做过这样一个有趣的试验，分别有三个画面：一是一男子微笑的脸，二是一把左轮手枪，三是一男子恐惧的脸。按此顺序组接，给人的印象，此人是胆小鬼，因为开始还笑呢，一看到手枪马上吓破了胆。但是将第三个恐惧镜头与第一个微笑镜头对调一下，这个男子给人们的印象便立即改变了——他一下子变成了英雄！刚才还害怕呢，但看到手枪反而不屑一顾地笑了。这说明蒙太奇有着独特的镜头结构功能。顺序，实际上就是逻辑关系，如果要想清楚地、准确无误地传达某种意思，就一定要根据一定的因果关系对镜头加以组织和整理，这种逻辑的因果关系，常常影响着整个事件的性质和倾向。

但是并不是随便把任意的两个或两个以上的镜头组接在一起就可以产生蒙太奇，构成联想作用。例如以下三个镜头：热带鱼、玩具坦克和香烟，要把这三个镜头组接起来，能表明什么呢？不仅不能产生新的含义，反而会把观众弄糊涂了，因为这是没有经过主观选择而组接起来的。所以构成蒙太奇句子的镜头一定要经过精心的选择。

（五）蒙太奇的分类

蒙太奇的分类方法繁多，各家各派各持己见。我们不妨就把它们分为两大类，就是叙事性蒙太奇和表现性蒙太奇。正像马尔丹所说的那样："这两种蒙太奇之间没有明确的界线，有些蒙太奇的效果还是叙事的，却已具有表现的价值。"

1．叙事性蒙太奇

叙事情蒙太奇，顾名思义，就是用来讲清故事、交代情节而采用的蒙太奇。这是蒙太奇中最简明、最直接的一种表现形式，它的作用是连接段落与段落、转场、贯穿动作的线索，它可以节约时间、压缩空间，使情节清晰自然。

叙事性蒙太奇可以分为连续式、平行式、交叉式、积累式、复现式和颠倒式几种基本形式。

(1) 连续式。连续式蒙太奇是影视中用得最多的、最基本的一种叙事手法，它的优点是有头有尾，脉络清楚，层次分明，观众易于理解和接受。

(2) 平行式。平行式蒙太奇是两条或两条以上的情节线索交错叙述，把相同时间但不同空间的事件同时交代出来，使之具有同步性。

(3) 交叉式。如果让具有同时性的两个以上的平行动作或场面交替出现，这就叫交叉式蒙太奇。这种蒙太奇互相交叉，相互加强，能给人以惊心动魄的印象。

(4) 积累式。积累式蒙太奇就是把一连串性质相近、说明同一内容的镜头组接在一起，造成视觉累积的效果。

(5) 复现式。复现式蒙太奇就是影片中前面出现过的画面、动作或对白，以及场面、道具、音乐等在后面重复出现，产生前后呼应的效果。

(6) 颠倒式。颠倒式蒙太奇就是把故事情节从现在转到过去，又从过去转回到现在，造成倒叙或插叙的效果。

2．表现性蒙太奇

表现性蒙太奇主要不是用来叙述事实本身，而是为了表现某种寓意、精神以及情绪，它不再是表现手段，而是目的了。

表现性蒙太奇往往以镜头和镜头的对列为基础，利用画面的类比象征新关系，来获得独立的艺术效果。表现性蒙太奇追求的是镜头和镜头组接后所产生的"新的含义"，正如爱森斯坦所说："不是二数之和，而更像二数之积。"两者相比，叙事性蒙太奇讲究镜头和镜头之间的连接，以达到镜头间线索的连贯，而表现性蒙太奇则讲究镜头与镜头之间的对列，用以迸发出艺术的感染力。

表现性蒙太奇常见的有以下几种类型：

(1) 对比式。对比式蒙太奇就是把不同内容、不同形象、不同声音的画面组织起来，以造成强烈的对比关系。例如，一贫一富、一高一低等。正像普多夫金所说："这就仿佛是在强迫观众不得不把这两种情形加以比较，因而起到互相衬托、互相强调的作用。"

(2) 隐喻式。隐喻式蒙太奇不是像对比式蒙太奇那样硬将相反的两件事物放在一起形成对比，而是将貌似相同而实质不同的两个事物加以并列，以此喻比，所以又叫比拟式蒙太奇或类比式蒙太奇。例如在电影《罢工》中，将宰牛和屠杀工人并列，隐喻工人在反动统治下像牲口一样被杀戮。

(3) 象征式。象征式蒙太奇与隐喻式蒙太奇相近似，将某一具体事物与另一事物并列，用以展示这一事物的意义，用具体的事物比喻抽象的概念。例如用高山、青松象征英雄人物，用鲜花象征幸福。

（六）蒙太奇思维

学习蒙太奇，最重要的是要掌握它的实质，其实质便是蒙太奇思维能力，即电影的形象化能力，说到底就是能够运用画面和声音去思维，而不是用文学语言去思维的能力。蒙太奇思维是指通过画面的组接与声音的配合下清楚而生动地表达出全部思想和内容。

（七）镜头的长度

镜头的长度，也就是每个镜头时间的长短，它是一个极为重要的问题，影响着电影电视的节奏感和观众的情绪，关系到影片最后的效果。长度取决于传达内容的需要和观众领会镜头内容所需的时间。观众领会镜头内容的时间取决于视距的远近(景别的大小)、画面的明暗、动作的快慢、造型的繁简等因素。景别小(如大特写)、光线亮、动作强烈，一般可以短些，反之则要长些。

镜头的长短也决定着画面的性质。因为观众长时间与短时间观看同一画面的结果与感受是不一样的，画面的含义往往会发生改变。周传基先生在《电影电视广播中的声音》一书中对库里肖夫效应做了大胆的想象，他说："如果我们把库里肖夫效应稍作修改，也可以阐明这个问题。假使我们把库里肖夫效应的每个镜头都加长两倍，那么观众在看到莫兹尤辛的镜头时，不仅认出这是一个成年男子，或许还有充裕的时间读解到第一个镜头中莫兹尤辛这位演员——这个镜头是在帝俄时代拍摄的，他的服装是贵族装束(多了一个信息)，并在第二个镜头读解到盛汤的盆子是有个缺口的粗瓷盆，并且是清汤水(多了两个信息)，于是观众就可能得出'那个贵族不想喝这盆汤'的印象。短镜头造成的'饥饿感'，变成了长镜头的'厌恶感'。"周传基先生的设想是完全正确的，正如他接下来所指出的，"可见，电影镜头具有双重性，它是暧昧的。此外，电影的镜头在记录的过程中存在着偶然性，创作者不能像文学家使用文字那样精确地控制自己的文学符号"。所以，精心控制镜头的长短对影片尤其是对电视广告的意义极大。

第二节 分镜头及设计稿

一、分镜头的概念

分镜头是动画片所特有一种剧本形式，它是根据文学剧本，通过画面和文字示意来表达剧情，是动画制作过程中的作战计划，是文字剧本详细、具体的画面表述。

二、分镜头的意义

制作一部动画影片，必须首先确定分镜头。如果不能确定分镜头，动画制作的后期工作将事倍功半。动画初学者往往忽视分镜头的重要性，很多初学者往往对一个人物感兴趣时，直接进行原画创作，直到影片后期剪辑时才发现有些镜头不需要，有些镜头不符合整体叙事或剪辑的要求，从而导致这部分工作的浪费，或者最后才发现缺少叙事中必需的镜头，从而导致整部影片不能在计划时间内完成。因此，要重视分镜头的作用。

根据产业要求，导演在制作影片时，是否能找到一个既能节约成本(时间和资金)，又能通过视听语言有效地叙事，传达创作思想，提高影片的可看性的剧本，其中分镜头设计是非常重要的。

 案例6-1

一个简单情节的分镜头设计

文学脚本要表现这样一段情节：一个人从桌子上拿起一本他很讨厌的缺页少字的盗版书扔到到纸篓里。如何设计它的分镜头呢？我们假设用两种方法来设计。

一种方法是利用全景画面的单个镜头表现：主人公看了一眼桌上的书，一皱眉一撇嘴，抓起书扔到纸篓里。这样制作起来首先需要把这个人的全身都画出来，从头到脚的肢体动作和全身的衣着服饰一处也不能少，不仅难度大、原动画张数多，成本也提高了。但是，效果却并不好，他的一皱眉一撇嘴的表情观众没有看清，他扔的是一本什么书也没有看清。

另一种方法，利用近景景别的多个镜头手法，可以赢得另一种表现效果。镜头一：一个人的面部特写往画面的斜下方的画外观看，接着一皱眉一撇嘴；镜头二：一本书放在桌子上，一只手入画，拿起书出画；镜头三：废纸篓，一本书入画，落在里面；镜头四：全景画面，主人公双手叉腰看着废纸篓。这样，虽然增加了镜头的数量，但制作难度却降低了，只画局部就可以了，同时也可以减少原动画的张数，减少了工作量，也降低了制作成本。更重要的是主人公的表情和他扔的书也看清了，剧情也叙述清楚了。虽然也有一个全景镜头，但这是一个静止的画面，只画一张就可以了。

上述案例说明，在视听艺术中，采用不同的语言要素(景别、机位、蒙太奇、场面调度、节奏)都会有不同的艺术效果和成本结果，有时全景景别的镜头，背景占据大部分画面，也能减少原动画的工作量而会降低成本，同时，渲染了叙事的诗意气氛。可见，合理地设计分镜头是增强影片的艺术效果，提高工作效率，压缩制作成本的关键环节之一。

三、分镜头设计的基本要求

分镜头一般要求一个镜头绘制一个画面，但如果在一个镜头中场面调度或机位变化很大的情况下，也可以把一个镜头分出多个画面来表现。

分镜头包含的信息有：镜头号、镜头长度、镜头场景、拍摄要求(镜头运动、镜头的衔接)、画面内的动作信息、人物台词、音乐、动作效果和声音等信息。

四、设计稿

分镜头之后是设计稿，设计稿也可以看做是放大的分镜头，张数与分镜头一样。设计稿的目的是提供满足原画师与背景师需要的画面信息。如果没有设计稿，原画与背景将没有参照物，造成画面角色的活动与背景分离。设计稿是连接背景绘制人员和原画师的最为关键的桥梁。

制作设计稿不能随心所欲，要遵循一定的要求：

① 充分体现分镜头的意图，如动作、神态、构图等。

② 设计稿必须完全按照标准的人物设定造型、道具设计、场景设计方案实施，不允许有半点偏差。

③ 角色和场景之间的位置关系一定要精确。

④ 设计稿的纸张的"对位孔"及"规格板"必须与原画、背景的纸张的"对位孔"及"规格板"完全一致。

对位孔

"对位孔"是由打孔机在纸上打出的标准统一的孔，通常是中间圆孔，两侧条状孔。作画时将纸套在对位尺上，使每一张画按共同的位置描摹或绘制。

规格板

"规格板"是画面统一的构图边框，"规格板"的边框就是电视屏幕的边框，也是电影银幕的边框或者摄影师的取景框。每一家公司通常都有自己的"规格板"，它的大小可根据制作公司的扫描仪的大小或摄影机取景框的大小而定。

"规格板"一旦确定，在这部片子里就不能更改。设计稿、原画、动画、背景等所有环节都要以此"规格板"为最标准的画面边框。如果把画面弄到"规格板"以外，其后果就是：在完成片中，某个画面或画面的某个部分消失。"规格板"中有从大到小的不同边框，边框的数量可以任意制定，通常是10～12个，这个边框，就叫做"规格"，每个边框旁边都有一个数字，这个数字是"规格"的编号。

"规格"的编号是在设计第一张"规格板"时任意定的，通常把最小的边框设定为1，叫做"1规格"。如果一共画了12个边框，那么最大的边框就叫做"12规格"。镜头的推拉过程其实就是画面边框的或大或小的改变过程，如图6-13所示。

图6-13 规格板示意图

画面上应用了10规格的规格板，红色标明了最后镜头要推拉和变焦的区域，一直持续到人物跑出画面。

⑤ 设计稿上还要标明相关的信息，如片名、镜头号、此镜头的长度、背景名称、设计稿作者签字、导演验收通过的签字等。

五、原画

（一）什么是原画

原画就是与角色动作设计有关的事物。它可以是指正在进行的动作设计的创作行为；可以指代设计动作的人；也可以是指运动物体关键动态的画——角色动作设计稿，即原画稿。

一部好的动画片，最终呈现在荧幕上的效果，无外乎编剧的巧妙，有巧妙的剧情，有吸引人的画面及声音的配合。其中，画面方面的角色动作设计，是最吸引人、也是最重要的画面内容，因为在动画片中任何表演设计的诉求，最终是实现在纸面上的，所以"原画"是制作动画片的核心。

绘制原画必须依据之前由美术设计提供的镜头设计稿，按照导演的意图和镜头设计稿的要求等来设计每个镜头的关键动作，并给下游动画人员标示动作要点、运动轨迹、中间动画张数及填写摄影表，如图6-14和图6-15所示。

图6-14 小狐狸举枪瞄准动作原画

在一个镜头里，原画画面只是少数。一般来讲，一秒钟(24格)的动作，大体上要画3～6张原画，其余的中间过程则由动画来完成。但是，这3～6张画都是最能表达动作内容的关键动态，一个镜头或一组动作，画得是否生动、表现得是否到位，主要看原画关键动态的选定是否准确。

原画不是生来就有的，一些风格较独特的艺术动画片种就不存在原画概念，例如沙土动画、黏土动画、剪纸动画等定格动画中都不存在原画的概念，因为每一张都是同等重要的。原话只是在大规模的动画片制作生产中应运而生，为了便于工业化生产，从

图6-15　哪吒跳跃奔跑动作原画

而可以独立出来的一项重要工作，其目的就是为了提高影片质量，加快生产周期。原画创作是决定动画片动作质量好坏的最重要的一道工序。

对原画的理解大致分为两大类，一类以美国为代表，以迪斯尼公司为典型，在他们的片子中，原、动画的质量水准差距不大，张数较多，原画的概念较弱，一套动作是一气呵成的，原、动画不很分明。一类以日本为代表，原、动画的差距较大，因为日本动画通常以叙事为主，讲究情节，不追求动作的流畅性，却重视动作的结果，所以原画的概念就较强。

（二）原画设计流程

1. 动手之前必须确立的概念

要先在头脑中整理出一个轮廓，要了解影片的风格，掌握理解导演的意图，熟练把握片中造型。动画片的制作是一个由众多艺术人员参与的过程，它所达到的是一种共性，每一位创作者都必须将自己的个性融于影片所追求的共性之中，使达到高度的统一。

2. 确定原画风格即动作特点

泛泛地讲，迪斯尼的原画观念要淡一些，日本动画片较注重原画，国产动画片近期大部分风格介于二者之间且较为偏向于日式，进行原画设计也要看其风格而定，如果注重运动过程，设计动作时侧重其流畅性，原画、动画不要分得太明确，动作的流畅、连贯是第一位的；如果是注重对话、情节，那么就将原画的观念加强一些，并不是说原画张数要画很多，而是要将每一张原画设计得相当准确、到位，尤其是在它定格和亮相时，要特别注意细心刻画。动手之前先动脑，当头脑中的准备工作已经很清楚了以后，再进行原画创作。

3. 起稿绘制

准备好所需要的工具，如铅笔、色铅笔、定位尺、拷贝纸，明确了设计稿的要求和上下镜头之间的关系，便可动笔。先用色铅笔轻轻打稿，用一根线确定出动态和重心，用一根线来体现无限，强调夸张重心转换在动态重心线完成的基础上，再画出骨骼、肌肉，最后是衣服，分轻主次，骨紧、肉松、衣服更松，最后用铅笔将整体肯定下来，原画第一遍完成以

后，最重要的一点是进行一下自检，整个连续创作的过程也是一个连续翻动的过程，复查一下看看是否到位，是否需要加上动参(动作参考)。动作参考指的是两张原画之间的一张动画，也叫小原画，如图6-16所示。

图6-16　沉香蹬腿动作原画

图6-16中，A、C两幅是起止原画，B是动作参考(小原画)。

在动画师没有把握的情况下，原画绘出的动画动作指定，用色铅笔画出大体动态即可。动作是否符合设计稿的要求，养成自检的习惯是提高原画水平的一个重要的学习方法。

（三）画好原画的条件

1. 绘画基础和表现能力是原画的决定性因素

原画的身份可以称之为"画的演员"，就好像戏剧、电影中的演技实力派的"明星"和"大腕"。所以，决定片子动作质量，表情表演得好坏，关键是在于原画的绘画水平。

原画勾画形象，画好动态都离不开绘画的功底。他们必须做到画什么像什么，并且很传神、到位。有的原画人员动作想象得很丰富，可是到具体勾画原画稿时，常常会感到力不从心，不是形画不准，便是动态结构不舒服，在纸上反复修改仍达不到理想的地步，对难度较高的镜头采取回避的态度或草率处理，这样就势必影响片子的质量和效果，影响到自己水平的提高和进步，这明显的反映出绘画基础不扎实。一个原画人员决不能满足现状，绘画能力必须不断提高，平时应该随身携带本子，多画速写、临摹、默写、记忆画等，也可以创作一些漫画、夸张画、装饰画等作品，这是提高绘画水平和创作构思能力的一种有效方法。

2. 要有丰富的空间想象能力

原画在具备了扎实的绘画基础和表现能力之后，还必须具备丰富的想象力。动画片是一门假定性的电影艺术，作品的创作不是照搬生活，而是以虚拟、浪漫、夸张和想象来作为动画艺术创作的特征。因此，具有丰富的想象力、别出心裁、异想天开是搞好原画创作的重要因素。

当然想象，并不是凭空臆造，丰富的想象来源于知识的广博和平时深入、细致的观察生活积累的。观察就要从专业角度去观察事物，有意识的汲取、思索、分析，做到看在眼里，记在心里。如看戏、看电影、电视，注意生活中人们的行为、举止、言谈特征，各类动物的动作习性，留意风雨水火自然现象等，只要养成平时用心观察的习惯，就会搜集到许多有用的素材，留在记忆中。一旦原画工作需要时，就不会脑子空空，无所适从，而会立刻闪现出许多感性的形象素材可供选择，从而很顺利的打开创作思路。

见多识广思路才会开阔，但是原画设计者不善于思考，研究事物也是不称职的。世界上各种物体运动都有它特定的规律，以人走路为例，走路动作各式各样，有散步、有急匆匆赶路、有轻松的走、有心事重重的走、有胖子走、瘦子走、老人走、孩子走等，如果通过观察，认真的思考，细心的研究，寻出它们的共性与特性，加以概括总结，画出的走路动作就会生动，耐人寻味，而且丰富多彩了。

要学会表演和体察，原画虽然不一定要求像演员那样善于表演，但你是挥笔的演员，而且表现的面要比演员更广泛，因此，懂得一些表演知识是必不可少的，接到表情戏的镜头，你必须根据剧情要求，亲自对着镜子表演一番，体察一下角色的喜怒哀乐情绪的变化，体察一下动作的来龙去脉，揣摩一下自己的表情，五官形态的变化，便可将所要表现的角色神情画得更为确切，夸张适度，动态更生动准确。

3. 要具备广博的知识，才艺和综合的艺术修养

一个人的知识、修养和艺术素质并不是凭空得来的，除了课堂上学到的文化知识、专业知识之外，还需要平时对各种知识的学习和积累。吸收和借鉴各种姐妹艺术，对文学修养的提高和鉴赏水平的提升是至关重要的。要在平时大量阅读不同题材的文学作品，从中学到有关故事情节的编排，外星空间的想象，神话故事、民间传说的特征，人物性格的刻画，内心活动的描述，以及各种外貌特征、神态表情、动作举止的形容等，这些都会给原画创作带来有益的启迪。原画还要对中国传统戏剧、曲艺、话剧、歌剧、舞蹈、杂技、武术等进行了解和研究，当然还有音乐、摄影、历史知识、科技知识、自然知识、地理、天文知识等，原画吸收的知识越广泛，积累越丰富，自身的鉴赏能力和艺术修养才会更高，从事原画创作时才会想象力丰富，构思能力强，表现起来才会得心应手。

4. 必须熟练的掌握所有的原画技巧和动画基础

有较强的艺术修养和想象力的人，不一定就能成为一名好原画家，因为原画创作是一门特殊的专业，只有具备前面三个方面的素质，又有熟练的专业技巧，才能成为一名优秀的原画家。

原画要把同一角色的形象，画出具有目的性且连续动作的整个运动过程，不仅关键动态要选得准，还要符合运动规律，又要算出它的速度与处理好动作的节奏。因此，原画必须熟练的掌握处理好：预备张、转折张、挤压张、伸展张、缓冲张。很重要的一点是，在运用它们的时候，必须根据出戏的强弱和幅度的大小来合理运用，不能让人感到呆板、机械、甚至主次颠倒。另外原画还要处理好：跟随动作、从属动作、交叉动作，以求更加完美。原画必须会看并看懂分镜头剧本，对设计稿的要点提示加以重视，如场景透视、与人物的关系、对景线、比例关系、层次关系、摄影表的填写、常规符号的运用、口形秒数的掌握及运用、拍摄、特技、迭化、推、拉、遥、移等的处理。

除了原画技巧外，原画对动画也必须熟悉和掌握，否则就不会处理好小原画和给准确的动画提示符号，也就无法去检验动画，要学会翻阅检验的能力，另外原画还要懂得拍摄和后

期合成的工序，这样才是一个合格的原画创作人才。

六、动画

本章所说的动画，指的是中间插画，通常由原画师首先画出两张原画，然后在原画的旁边画上一个轨目，动画师就可以按照轨目的指示加入具有节奏变化的过渡性画面，如图6-17所示。

图6-17　小狐狸举枪瞄准的动画

图6-17中，①④是小狐狸举枪瞄准的起止原画，⚠是动画(中间插画)。

动画师的任务是负责按着原画师的原画稿所规定的动作范围、要求，在"拷贝台"上，将原画画稿叠摞在下面作参照，描画出两张画之间的画面，补足原画之间的中间动作过程，完成原画与原画之间的中间画工作。

动画师制作一幅中间画，其余美术人员再内插绘制角色动作的连接画。在各原画之间追加的内插的连续动作的画，要符合指定的动作时间，使之能表现得接近自然动作。

第三节　动漫软件应用

计算机和软件的大发展，无纸动画软件具有越来越强大的功能，比在纸上简便易行的操作以及节省掉的大量成本，使无纸动画成为动漫制作的普遍现象。越来越多的动漫工作者不再使用纸张进行创作和制作，而是用计算机，因此无纸动漫软件越来越不可或缺。

一、二维绘图软件

二维动画绘制软件包括Flash、Animo、Tbs、Painter、Photoshop等，其中Flash和Animo是当下使用范围很广的动画软件。

由于Flash文件小，具有可以随意调整缩放而不影响图像质量的特点，在互联网上备受推崇，由此，Flash是最首要的网络动画软件之一。

Animo是世界上最受欢迎、使用最广泛的二维卡通动画制作系统之一，它强大的扫描识别和快速上色功能极大地提高了二维动画制作过程的效率。

（一）Flash

Flash是专门做网络动画的软件，主要含有矢量图形，但是也可以包含导入的位图和音效，还可以把浏览者输入的信息同交互性联系起来，从而产生交互效果，也可以生成非线性电影动画，该动画可以同其他的WEB程序产生交互作用。网页设计师可以利用Flash来创建导航控制器、动态LOGOS、含有同步音效的长篇动画，如网络动画《流氓兔》就是用Flash制作的，如图6-18所示。

该软件前身是FutureSplash，是用于完善Macromedia的拳头产品Director。针对目前网络传输速度的问题，Flash通过使用矢量图形和流式播放技术克服了这一缺点：矢量图形

图6-18　Flash软件制作的动画《流氓兔》

的Flash动画的尺寸可以随意调整缩放，而不会影响图形文件的大小和质量；流式技术允许用户在动画文件全部下载完之前播放已下载的部分，而在不知不觉中下载完剩余的动画。Flash提供的透明技术和物体变形技术使创建复杂的动画变得更容易，为网络动画设计者丰富的想象提供了实现手段；交互设计可以让用户随心所欲地控制动画，赋予其更多主动权；优化界面设计和强大的工具使Flash更加简单实用。Flash被称为是"最为灵活的前台"。

Flash具有跨平台的特性(这点和Java一样)，所以无论你处于何种平台，只要你安装了支持的Flash Player，就可以保证它们的最终显示效果是一致的，而不必像以前的网页设计那样为IE或NetSpace各设计一个版本。同Java一样，它有很强的可移植性。最新的Flash还具有手机的支持功能，可以让用户为自己的手机设计喜爱的功能，当然首先必须有支持Flash的手机，同时它还可以应用于Pocket PC。

可以说，Flash为制作适合网络传输的网络动画开辟了新的道路。值得强调的是，由于Flash记录的只是关键帧和控制工作，所生成的编辑文件(*．fla)，尤其是播放文件(*．swf)非常小巧，这些正是无数网页设计者孜孜以求的。Flash软件目前已被ADOBE公司收购纳入旗下，其新功能更令人关注。

（二）Animo

Animo是英国Cambridge Animation公司开发的运行于SGI O2工作站和Windows NT平台上的二维卡通动画制作系统，它是世界上最受欢迎、使用最广泛的系统之一，如图6-19所示。

Animo软件它具有面向动画师设计的工作界面，扫描后的画稿保持了艺术家原始的线条，它的快速上色工具提供了自动上色和自动线条封闭功能，并与颜色模型编辑器集成在一起，提供了不受数目限制的颜色和调色板，一个颜色模型可设置多个"色指定"。它具有多种特技效果处理，包括灯光、阴影、照相机镜头的推拉、背景虚化、水波等，并可与二维、三维和实拍镜头进行合成。动画片《小倩》就是用该软件完成的，如图6-20所示。

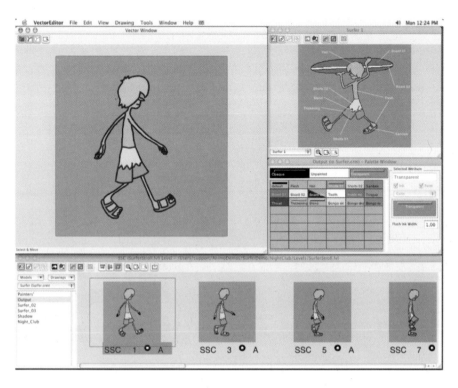

图6-19　Animo软件工作界面

图6-20　小倩

（三）Painter

Corel Painter是一套数码素描与绘画的工具，它专门为数码艺术家、插画画家、设计师及摄影师而开发，帮助他们使用数码技巧，仿真传统绘画的效果，如水彩、墨、油彩、颜色笔、马克笔、粉笔及彩色粉笔等绘画工具，如图6-21、图6-22所示。

图6-21　Painter软件

图6-22　Painter软件工作界面

Painter软件强大的无纸绘画功能使得绘画者基本可以脱离现实中的纸笔，而是在计算机中完成创作。对动画工作者来说，前期的大量工作，如故事版绘制、角色设定、场景设定等工作都可在Painter的平台上轻松完成。

当然，Painter也给动画工作者提供了制作简单动画的功能，可帮助使用者完成一些简单的小动画。

(四) Photoshop

Photoshop在动画上的功能类似Painter，都是为动画工作者提供了简易动画的功能，如图6-23所示。

图6-23　Photoshop软件界面

06

Photoshop在无纸绘画功能上虽不及Painter强大，但也非常实用。特别要指出的是，Photoshop是一款平面设计软件，它是一款以图像处理为特色的软件，其最强大的功能也集中于此。

因此，在动画前期的复杂工作中，合理结合Painter和Photoshop的功能，才会更快、更好地实现所需要的效果。

二、三维制作软件

在三维动画制作领域里，有许多强大的制作工具和辅助工具，其中最具代表性的软件有Maya、Softimage XSl、Lightwave、3ds Max等，这些软件都可以运行在Pc平台上。

Maya、Softimage XSl和Lightwave并称顶级三大三维软件。Maya较其他两个软件在操作和入手上更为轻松，它集成了最先进的动画及数字效果技术，不仅给3D动画界造成巨大的影响，而且已经渗入到电影、广播电视、公司演示、游戏可视化等各个领域，且成为三维动画软件中的佼佼者。

在从三维软件刚刚兴起到如今的十几年间，三维软件从最初简单、粗糙的三维效果到现在可以实现的二维卡通材质，可谓发展迅速。随着三维软件的发展，动画工作者有了越来越多的动画风格和效果可以选择，三维软件为我们提供了更为广阔的发挥和实现想象力的空间。

下面介绍一下当下国内外流行的各种三维动画软件。

(一) Maya

Maya是目前世界上最为优秀的三维动画的制作软件之一，是相当高端而且复杂的三维电脑动画软件，它是Alias Wavefront公司在1998年才推出的三维制作软件，被广泛用于电影、电视、广告、电脑游戏和电视游戏等的数位特效创作，还曾获奥斯卡科学技术贡献奖等殊荣。

2005年10月4日，生产3D Studio Max的Autodesk(欧特克)软件公司宣布正式收购生产Maya的Alias，所以Maya现在是Autodesk的软件产品，如图6-24所示。

图6-24　Maya软件

从Maya这个古老而又神秘的名字就可以看出，这个软件蕴涵着巨大的能量，它在动画和影视领域的应用非常广泛，例如大量全数字三维动画片，《阿童木》、《功夫熊猫》、《离奇之道》等，就是利用这种软件制作的，如图6-25～图6-27所示。

Maya还制作了具有震撼视觉效果和宏大场面特效的电影，例如《魔戒三部曲》、《绿巨人》、《阿凡达》等。

Maya有许多突出的功能，如完整的建模系统、强大的程序纹理材质和粒子系统、出色的角色动画系统以及MEL脚本语言等。Maya的每一次升级，都会带来全新的功能，所以成就了许多影视大片的视觉特技，目前许多国内的影视公司也在使用Maya制作项目。

图6-25　阿童木

图6-26　功夫熊猫

图6-27　离奇之道

(二) Softimage XSI

Softimage是Autodesk(AVID公司已经被Autodesk公司收购)面向高端三维影视市场的旗舰产品，以其独一无二真正的非线性动画编辑为众多从事三维电脑艺术人员所喜爱，如图6-28所示。

图6-28　Softimage软件宣传画面

Softimage将电脑的三维动画虚拟能力推向了极致，是最佳的动画工具，除了新的非线性动画功能之外，比之前更容易设定Keyframe的传统动画，它是制作电影、广告、3D和建筑表现等方面的强力工具。

Softimage XSI是与Maya同为电影级的超强3D动画制作工具，也在国际上享有盛名，虽然它的应用不如Maya广泛，但Softimage软件的兼容性和交互性极佳，此外其先进的工作流程，无缝的动画制作以及领先业内的非线性动画编辑系统，使其在动画制作领域备受欢迎，尤其是Softimage XSI的灯光、材质和渲染已经达到了一个较高的境界，系统提供的几十种光斑特效可以延伸为千万种变化。

Softimage XSI的客户在全球范围内早已超过12000多个，它们大多是世界上极富灵感和创造力的艺术家，大的客户，如ILM(工业光魔)、Digital Domin、Sega(世嘉)、Nintendo(任天堂)、Sony(索尼)、CCTV(中央电视台)、水晶石等。在十年的时间里Softimage参与制作了许多曾获奥斯卡奖项的影片，如《星球大战系列》，《黑衣人系列》，《少数派报告》，《木乃伊归来》，《侏罗纪公园》等，如图6-29和图6-30所示。

06

图6-29　黑衣人2

图6-30　侏罗纪公园

（三）Lightwave

Lightwave也是顶级三大三维软件之一，虽然在国内用得相对少一些，不过近两年越来越被三维爱好者所熟知，因为它是第一个发行中文版的三维软件，界面比较特别，但很容易上手，功能也很强，如图6-31所示。

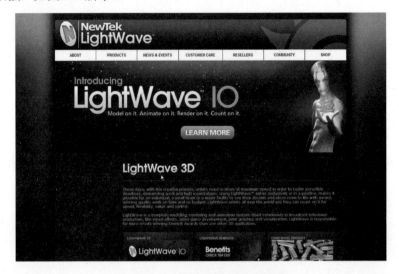

图6-31　Lightwave网站宣传画面

Lightwave突出的优点是拥有近乎完美的细分曲面建模系统、高质量的渲染和出色的稳定性，而且它的价格非常低廉，这也是众多公司选用它的原因之一。除了价格低廉的优势，Lightwave 3D的品质也非常出色，名扬全球的好莱坞巨片《TITANIC》中细致逼真的船体模型、《RED PLANET》中的电影特效以及《恐龙危机2》、《生化危机—代号维洛尼卡》等许多经典游戏均由LightWave 3D开发制作完成，如图6-32所示。

图6-32　生化危机-代号维洛尼卡

Lightwave 3D是全球唯一支持大多数工作平台的3D系统，它在Intel Windows NT/95/9、SGl、SunMicro System、PowerMac、DECAlpha等各种平台上都有一致的操作界面，无论是使用高端的工作站系统或使用PC，Lightwave 3D都能胜任。

（四）Poser

Poser最强大的功能是制作人物动画，这也是其区别于其他三维动画软件的最大特点，如图6-33所示。

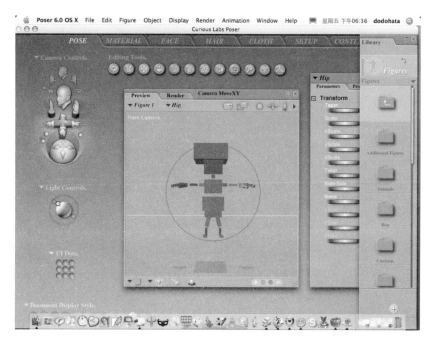

图6-33　Poser软件界面

在Poser中，早已设计好许多现成的人体模型、人物姿态及相应动作，其内置的IK功能，使我们在制作动画时根本就无需顾虑人物各关节处的链接、身体各部分的隆起等在其他三维软件中常遇到的问题，它会自动进行动作之间的转换，处理皮肤的皱折，所以，Poser可谓是迄今为止最方便的三维动画人物制作软件。

Poser可以产生各种类型的人物：男性、女性、小孩等。你可以轻易地选择各种类型的人物部件，从头部到脚部都可以从现成的库中选择，从而组成千变万化的人物形象。

Poser还可以创建动物模型，制作好模型以后，还可以选择各种衣服、皮肤等。现在Poser也支持动画，不过这个功能与其他三维动画软件相比还较弱。不过Poser可以将制作的模型生成3D文件，供其他软件调用。

（五）3DS Max

3DS Max一直在动画市场上占有非常重要的地位，尤其在电影特效、游戏软件开发的领域里，Autodesk(欧特克)公司在不断改进出更具强大功能与相容性的软件来迎接这个新的视觉传播时代。

3DS Max的成功在很大的程度上要归功于它的插件，全世界有许多专业技术公司在为3ds

Max设计各种插件，他们都有自己的专长，所以各种插件也非常专业。例如增强的粒子系统Sandblaster、Ourburst，设计火、烟、云的Aflerburn，制作肌肉的Metareyes，制作人面部动画的Jetareyes等。有了这些插件，我们就可以轻松设计出惊人的画面效果。

在应用范围方面，拥有强大功能的3ds Max被广泛地应用于电视及娱乐业中，比如片头动画和视频游戏的制作，深深扎根于玩家心中的劳拉角色就是3DS Max的杰作，如图6-34所示。

市场上大量的游戏，如《魔兽争霸》、《魔兽世界》、《古墓丽影》都是由3ds Max制作的，3DS Max在影视特效方面也有一定的应用。在国内发展得相对比较成熟的建筑效果图和建筑动画制作中，3DS Max的使用率更是占据了绝对的优势。根据不同行业的应用特点，对3DS Max的掌握程度也有不同的要求，建筑方面的应用相对来说局限性要大一些，它只要求单帧的渲染效果和环境效果，只涉及比较简

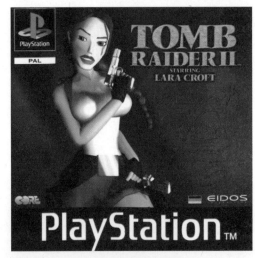

图6-34　古墓丽影

单的动画；片头动画和视频游戏应用中动画占的比例很大，特别是视频游戏，对角色动画的要求要高一些；影视特效方面的应用，则把3DS Max的功能发挥到了极致。

三、后期特效合成软件

当前国内被广泛使用的后期特效合成软件主要有After Effects、Fusion和Premiere等。其中，After Effect是目前非常普及的一款特效合成软件，它的特效功能使用非常广泛且容易操作，影视、动画特效合成以及多种广告和宣传片的制作都大量地使用了After Effects，其局限是在音效处理方面相对薄弱。相比起来，Premiere就更侧重图像和音效的综合合成，而在特效方面相对薄弱。因此，将After Effects和Premiere这两款软件结合使用，能够很好地取长补短。Fusion也是高效、优秀的图像后期合成软件，用它也可以完成多种特效制作，它还可以和Maya综合使用，完成图像后期合成，制作出复杂的三维特效，因此其应用也越来越广泛。

(一) Premiere

Premiere是Adobe公司推出的产品，它是该公司基于Quick Time系统推出的一个多媒体制作软件，它能使音乐素材更加容易获得，同时也增加了一些过渡功能。

基于非线性编辑设备的视/音频编辑软件Premiere已经在影视制作领域取得了巨大的成功，现在被广泛应用于电视台、广告制作、电影剪辑等领域，成为Pc和MAC平台上应用最为广泛的视频编辑软件。它可以使用多轨的影像与声音合成与剪辑，来制作Microsoft Video for Windows(*.avi)、QuickTimeMovies(*.Mov)等动态影像格式。

Adobe Premiere在多媒体制作领域扮演着举足轻重的角色，它能使用多轨的影像与声音来合成与剪辑(*.avi)、(*.mov)等动态影像格式，Premiere兼顾了广大视频用户的不同需求，提供了一个低成本的视频编辑方案。

(二) After Effects

After Effects是由Adobe公司出品，与Premiere同属于视频编辑软件，但它与Premiere又有所不同。After Effects是一款用于高端视频编辑系统的专业非线性编辑软件，它借鉴了许多软件的成功之处，将视频编辑合成上升到了新的高度。

After Effects主要用于视频文件或图像文件的处理，它可以在视频片段上创作许多神奇的效果，例如抠像、局部透明、文字旋转、按路径移动文字等，经过处理的视频片段或图像文件可以重新生成视频文件。After Effects和Photoshop一样具有层的功能，用户可以在无限层上添加各种效果和动作，可以说，After Effects就是视频处理上的Photoshop。

After Effects是后期中的一个前期软件，使用它可以对所采集的视频文件、三维软件生成的动画文件进行深入加工。Premiere是后期中的一个后期软件，它可以把After Effects处理过的多个视频文件，使用多种蒙太奇的手法连接成一个视频文件；或者使用一定的抠像方法，将多个视频文件叠加在一起，生成复杂的效果。After Effects是一个专业性较强的软件，据悉中央电视台的有些节目片头和广告就是用它制作的，它的价位很低，效果却非常好，在某些方面可以与工作站级的视频处理软件以及专用的字幕机媲美，使用它可以组成性价比很高的视频处理系统，而且适用范围非常广泛。

(三) Fusion

Digital Fusion是Eyeon Software公司推出的运行于SGI以及PC的Windows NT系统上的专业非线性编辑软件。对于Digita lFusion来说，对机器的要求很低，普通的显卡和配制就可以使用，其强大的功能和方便的操作远非普通线编软件可比，也曾是许多电影大片的后期合成工具，比如《泰坦尼克号》中就大量应用Digital Fusion来合成效果，再加上丰富的第三方插件(如5DMonster、Ultimate、Metaereation等)，DigitalFusion堪称目前PC上最强大的视频合成软件，它最擅长后期合成和制作影视特效，尤其适合于与Softimage、Maya这些超级三维软件配合使用。如Softimage/XSI渲染的*. pic和Maya*. iff文件序列在Digital Fusion中可以直接打开，无须任何转换和更改命名，这在PC上绝无仅有，而且对于*. avi、*. mpeg、*. mov等视频格式的支持度与压缩比也相当高。此外，由Digital Fusion2.5演化而来的Maya Fusion的所有操作和使用都与Digital Fusion一样，如果掌握了Digital Fusion，不必单独学习就可以直接掌握Maya Fusion，只是后者的操作更适合Maya用户。

本章小结

　　动漫中的动画片的制作是一个专业且复杂的过程，而且随着动画制作的硬、软件设备以及工具、材料的不断推陈出新，动画的制作也在不断的发展着。

　　动漫中动画片同电影、电视的表现语言一样属于是视听语言，也就是由镜头画面和声音构成的语言，而其中主要的部分是镜头画面。

　　分镜头是动画片所特有一种剧本形式，它是根据文学剧本，通过画面和文字示意来表达剧情，是动画制作过程中的作战计划，是文字剧本详细、具体的画面表述。制作一部动画影片，必须首先确定分镜头，如果不能确定分镜头，动画制作的后期工作将事倍功半。

分镜头一般要求一个镜头绘制一个画面，但如果在一个镜头中场面调度或机位变化很大的情况下，也可以把一个镜头分出多个画面来表现。

分镜头包含的信息有：镜头号、镜头长度、镜头场景、拍摄要求(镜头运动、镜头的衔接)、画面内的动作信息、人物台词、音乐、动作效果和声音等信息。

设计稿也可以看做是放大的分镜头，张数与分镜头一样。设计稿的目的是满足原画师与背景师需要的画面信息。

原画是指动画创作中一个场景动作之起始与终点的画面，以线条稿的模式画在纸上，阴影与分色的层次线也在此步骤时画进去。

本章所说的动画，指的是中间插画，通常由原画师首先画出两张原画，然后在原画的旁边画上一个轨目，动画师就可以按照轨目的指示加入具有节奏变化的过渡性画面。

计算机和软件的大发展，无纸动画软件越来越强大的功能和比在纸上简便得多的操作以及节省掉的大量成本，使无纸动画已经成为普遍现象，越来越多的动画工作者不再使用纸张进行创作和制作，而是用计算机，因此无纸动画软件变得越来越必不可少。

思考与练习

1. 动画片的中期制作包括哪些过程？请具体说明。
2. 叙述动画制作软件有哪些？
3. 什么是蒙太奇？它有哪些类型？

第七章

动漫的策划、创意与推广

学习要点及目标

- 了解动漫的策划流程。
- 掌握动漫的创意方法及表现形式。
- 了解动漫的推广与发行途径。

本章导读

　　动漫的策划、创意与推广是一套组合链条，在实际工作中有着决定性的作用。本章从动漫的概念、领域入手，对动漫的概念和特点、动画概念的扩展、漫画的概念、动漫的融合、动漫的产业化发展几个方面进行了较为详细的阐述。

引导案例

迪斯尼产品的创意经

　　1928年11月18日迪斯尼推出动画片《汽船威力号》，影片主角米奇一时间成为美国乃至世界家喻户晓的卡通明星。80年过去了，米奇的魅力并未因时间的流逝而黯淡，依然大放异彩，在2003年11月福布斯公布的"全球十大虚拟人物财富榜"上，米老鼠与哈利波特、皮卡丘等10个虚拟人物登上了荣誉榜并名列榜首。

　　当今世界凡是媒体可触及的地方，80%以上的少年儿童都知道"米老鼠"、"唐老鸭"和著名的"迪斯尼乐园"。米奇魅力"保鲜"的秘诀来自于迪斯尼的不断创新，使其不断增加附加值以适应不同时代人们的审美心理需求，如图7-1～图7-4所示。

图7-1　迪斯尼标志图

图7-2　迪斯尼米老鼠形象一

图7-3　迪斯尼米老鼠形象二　　　　　　　图7-4　迪斯尼米老鼠形象三

第一节　动漫的策划

一、动漫策划概述

　　动画片前期工作的主要内容由策划和创意组成，策划要先于创意完成。

　　所谓策划就是通过精心安排的宣传和手段，对事件的发生、发展进行操作，在动漫方面则是对将要进行的动画制片项目进行可行性的分析与方案设计。策划既可以是一项工作，也可以是一项职务，或是一个部门。

　　策划从理论上来说，是指制片人在充分调研和分析市场的基础上，对将要进行的动画产品从市场预测、市场定位、创意定位、资金定位等几方面进行论证，同时对具体的操作和营销提出计划，最终形成方案的操作过程。

1．市场预测

　　所谓市场预测就是指在对即将投入的动画制作进行前景的考证，通过调查数据来预测市场，估计该动画将来可能占有的市场份额、观众的兴趣度、动画的销售利润和其他连带效应。

2．市场定位

　　通过上一步的市场预测，把握市场定位，定位动画片的受众群体和对象，确定创作作品的投放时间和营销策略。

3．创意定位

　　当确定受众群体之后，还要确定动画的创作类型、制作风格、角色设计、场景设计、配乐设计等相关创意定位设计。

4.资金定位

动画片的资金投放量非常大，有时一部动画片的资金额会达到上千万美元甚至上亿美元，因此，资金定位是在制作动画片的过程中至关重要的一个环节。

二、动漫的具体策划方法

(一)动漫策划的内容

所谓内容，就是要拍一个什么样的故事。故事的选定，一般有两种方式：第一，选中一篇小说或一个故事来改编成剧本；第二，根据设计的故事内容委托作家来写出剧本。按照动画片的创作规律，制片人一般会根据以下几个方面，来勾画出将要拍摄的片子大致是个什么样子。有了剧本，就可以根据剧本的内容，决定采用什么样的形式和风格来体现内容。

无论采用哪一种方式，都是体现投资人或制片人的意愿，而不是编剧的个人喜好。制片人是在经过市场调研和发行预测后，清楚地知道观众需要什么。

1.剧本内容

动画片的故事题材非常丰富，有童话、神话、民间故事、科学幻想、学习教育等，确定某一项故事内容，拿出一个故事梗概或是选出一个已经成熟的现成本子。

2.剧本理念

所谓剧本理念是包含在故事中或超出故事本身的意义所在。例如：《大闹天宫》除了故事情节精彩以外，还隐含了深刻的理念，如图7-5所示。

图7-5 大闹天宫

3.剧本人物

剧本人物是指剧本中的角色有哪些，都应是什么样子的，也就是这些角色的外形、自然属性(人物、动物、还是实物)、性格特征和相互关系等。

4．艺术风格

动画片的艺术风格大体上是指艺术样式和美术风格，即剪纸、水墨、木偶、动画(单线平涂)、实物、绘画等美术风格和写意、写实、可爱、主流、非主流等艺术样式，如图7-6、图7-7所示。

图7-6 剪纸风格的动画片《张飞卖瓜》

图7-7 木偶风格的动画片《神笔马良》

5．表现形式

动画的主要表现形式是二维动画和三维动画，或是三维渲染成二维等，如图7-8所示。

图7-8 三维动画片

6．使用技术

使用技术主要是指技术标准，如：是高清还是标清，是4∶3还是16∶9，是胶片拍摄还是转胶等。

7.影片规格

影片规格是指动画片在内容确定后，基本上就能确定所要拍的影片是短片还是长片，是影院片还是电视片，是连续剧还是系列片了。

(二) 动漫策划的受众群体

受众群体也就是观众的定位问题，是解决给谁看的问题。其实这个问题在选定剧本内容时，基本上已经有了答案，也就是你选中的故事，是哪些人群最喜欢的，是针对哪些地域、哪些观众层次的。

受众群体的确定非常关键，它直接关系到影片项目的最终结果，也就是市场效应、资金回收、奖项参评等。

三、策划方案的制定

策划方案，是指将策划阶段所做的全部工作进行归纳整理，而形成的一个书面文件。策划方案从本质上来说，是从各个不同角度，对所要进行的项目，进行较为科学的可行性分析论证。它的作用有这样几个方面：对于个人行为来说，有一个策划方案，能使自己对所要进行的项目，有一个十分清楚的了解，知道自己的个人创作并不是盲目的；对于机构和投资者来说，策划方案是决策投资的重要依据。

策划方案主要还是提供给制片人的，项目能否得到最终执行，关键还是看制片人能否接受或认同策划方案的所有内容。一般情况下，制片人往往是整个策划方案的总导演，这样产生的策划方案，对于制片人来说是感兴趣和有信心的。

如果是其他策划者提供的策划方案，制片人可能会觉得方案好，内容没兴趣，有信心没兴趣；或者是觉得内容不错，但是方案没做好，有兴趣没信心。因此策划方案不是一个随随便便的文件，一定要做到认真细致，有说服力。

总之，策划方案是一个指导整个项目实施的纲领性文件。

策划方案应当包含以下几方面的主要内容。

(一) 确立所要拍摄项目的题材内容、规格种类

这是对项目内容的总的定位，总的定位起到统领全局的作用。

(二) 业内动态分析

业内动态分析是指前期策划阶段，在对动画行业目前大的形势，作了较为客观的分析以后，所得出的为什么选择此类题材的依据所在。

(三) 预期目标分析

项目的预期目标，是整个策划方案中最重要的一环，必须从市场角度、成本利润角度，以量化的形式来展示在社会效益和市场效益方面的预期结果。

(四) 项目制作分析

项目制作直接关系到整个项目的经济效益和艺术质量，因此对这方面的析要求非常客观

真实，它具体包括：制作机构的认定、制作成本、制作周期、制作管理人员、制作计划技术及后期设备问题的具体解决办法等较为详尽的分析和措施。

（五）项目产品开发

影视动画的项目产品开发，包括开发计划的制订，与影片的播出发行具有同等的重要意义，这部分的工作，应在项目策划阶段，一起同步考虑。如：人物形象的设计，在满足剧情的同时，就要考虑到产品形象授权，以及主体项目是否还可以同步开发等。

（六）内容介绍

内容介绍是将本案所选的剧本内容作一番简要的介绍，具体包括：故事梗概、题材类型、作者介绍、剧中主要人物介绍、本片的主题取向以及剧情风格等。

（七）美术设计和美术风格

美术设计和美术风格是根据剧情，美术设计把剧中将要面世的主要人物和场景的设计小样提供给制片人，使大家对未来影片的人物形象和画面风格有个直观的了解。这样做有两层意思：一方面可以给大家有资格讨论更改的依据，另一方面可以给制片部门作为制定制作预算和计划的参考。

（八）导演阐述

导演是整部影片艺术质量的最终体现者和责任人，因此导演对影片二度创作的想法就显得尤为重要。在策划方案里，导演必须对剧情的取舍、叙事的方式、整体风格的把握、人物的表演、整体结构与情节节奏、画面的表现形式、声音的处理等方面做出自己的阐述，最终确定整部影片的艺术风格。

（九）主要创作人员介绍

主要创作人员是指本项目创作团队的主要组成人员，如编剧、导演(执行导演)、美术设计、作曲、艺术顾问等。对这些人的艺术创作成果、创作实力、合作能力、敬业精神等方面作一番介绍，因为一旦项目确立，人员就是关键，尤其是主要创作人员的组成更为重要，许多项目出问题都不是出在定位上，而是出在人员上。

上面所述策划方案的内容，只是一般意义上的方案模式，总的原则是应根据不同的策划内容来确定策划方案的事项。

在策划阶段，策划方案的制定只是一部片子创意的起点、操作的提纲，在项目实施的过程中，如何控制和管理并最终实现预期目标，才是制片管理工作的最大学问。

四、动漫的资本运营

（一）动画项目生产成本的构成

动画项目生产成本的构成，从经济学角度来理解，基本上也是由以下三个方面组成。

1. 直接材料费用

所谓直接材料费用，主要是指影视动画前期、中期和制作过程中所消耗的各种实体材料，例如胶片、磁带、纸张、文具、颜料、光盘等，这些材料都是一次性直接进入成本，属于不变成本范畴。

2. 直接人工费用

所谓直接人工费用，也是经济学的一个成本概念，指在影视动画制作过程中各创作人员、制作技术人员、制片管理人员、销售发行人员，以及与项目有关的其他人员的工资、劳务、酬金、稿费等费用，还按规定提取的福利、社保费用，属于可变成本范畴。

3. 产品制造费用

所谓产品制造费用，是指在动画项目制作生产过程所产生的各项间接费用，主要费用项目有：各种制作设备费用(租赁或折旧)、房租水电、办公费用、交通通讯费、业务招待费、差旅费、发行销售等制片费用，产品制造费属于可变成本。

传统二维动画成本构成范例：

项目策划阶段(前期费用)

(1) 市场调研费　(含人工劳务、文本、交通等费用)

(2) 剧本费用　(包括编剧、编辑、组稿、退稿、材料等费用)

(3) 导演费　(包括导演阐述、剧本讨论、导演等费用)

(4) 美术设计费　(包括主要人物、背景等设计费用)

(5) 分镜台本费　(包括台本制作材料和人工费)

(6) 设计稿费　(包括材料费)

(7) 摄影表费

(8) 作曲费　(包括小样制作)

(9) 制片费　(包括剧务费)

制作阶段(中期制作)

(1) 原画费　(动画设计)

(2) 修型费

(3) 动画绘制费

(4) 动画检查费

(5) 线拍费　(动作检查，包括原画、动画)

(6) 电脑制作费　(包括扫描、上色、排摄影表)

(7) 背景绘制费　(包括手绘、电脑绘图)

(8) 合成、输出费(包括人工、材料、设备使用费)

(9) 拍摄、洗印费　(指胶片拍摄，包括材料费)

完成阶段(后期制作)

(1) 剪辑费　(包括非线性编辑)

(2) 录音费　(包括录制音乐、对白、效果、混音)

(3) 成品带　(包括合成、输出、转录或刻制光盘等费用)

由于影视动画的制作技术在不断地发展，制作工艺和技术设备更新很快，尤其是动画无纸技术的应用，将对现有的动画制作工艺带来前所未有的变革。制作技术的高效快捷，必将产生事半功倍的效果，反映在成本管理上，必然是制片成本的降低，效益的提高。

作为制片人，一定要根据影片的艺术风格、制作要求、制作技术，及时研究和调整制作项目的成本构成，使之更科学、更高效。

（二）生产制作成本的控制

影视动画项目的成本控制相对于普通影视剧来说，还是比较简单的，所牵涉到的人和物没有影视剧那么庞大复杂，从管理的角度出发，无论是普通影视剧，还是影视动画，作为管理人员，都必须了解成本控制的基本原则和注意事项。

1. 成本预算的原则

影视动画的成本控制就是制片人根据资金情况、影片要求，对生产制作过程中所发生的直接材料成本、直接制造成本、直接人工成本，做成预算目标，并根据预期目标所进行的一系列监督、调节、补偿的管理活动。

成本控制的前提是要有一个好的预算，在制片管理活动过程中，预算和导演的剧本一样重要，剧本指导的是影片的创作生产，预算则是全部管理工作的标准，也是成本控制的首要原则。

2. 质量为主的原则

艺术质量是所有影视项目的生命，艺术质量的好坏直接决定着影视作品的成败，有了观众的认可，才有市场的认可，艺术质量有了保证，成本控制才有意义。因此我们在动画项目的创作、生产、管理中绝对不能以牺牲质量来作为控制成本的手段，否则将会付出更大的代价。

3. 注重效益的原则

所谓注重效益，就是追求投入和产出的比率，也就是以最低的投入获取最高的收益。

一般实物商品的生产，往往是你投入的多，产品的档次和功能也高，其市场价格当然也高。而影视作品却不是由投入多少来决定价格和收益的，小制作未必就不赚钱，大投入和大制作未必就能赚大钱，关键还是看能否满足广大观众的精神文化需求，而这种满足在很多情况下不是能用金钱的多少来决定的，因此在项目的投入和制作上，作为制片方一定要进行市场定位，尽可能找到投入少而效益高的题材项目。

4. 法律规范的原则

任何一项生产或社会活动，都必须遵守国家的法律法规，影视创作生产也不例外，为了保证影视创作生产的有序进行，更需遵循依法办事的原则。

影视创作生产是一种大生产，社会化程度较高，在整个制作过程中，各种法律关系相对较为集中，如财政、税务、劳动合同、社会保障，还有各种权利和义务关系，如名誉权、著作权等。

要有效地控制成本，首先要规范管理，要有很强的法律意识，在整个制片过程中所产生的各种合作关系，如聘用关系以及财政税务关系等工作关系，都是法律关系。

因此必须在事前把这些关系的权利以及法律责任都用法律形式加以确认，决不能依据什么"行规"或"交情"来替代法律法规，否则，一旦发生纠纷，会给整个项目带来很大麻烦，不仅造成不必要的经济损失，更会造成成本的总体失控。

5．责任原则

摄制成本的控制，在制定和管理的过程中，不光是制片人对投资者的一种责任，在某种程度上，也是各个部门的主创人员和负责人对制片人的一种责任，只有层层把关，制片人才能得心应手，制作成本的控制才会更有效。

第二节　动漫的创意

一、动漫受众的心理需求

动漫受众是指动漫的接受者与消费者，受众的有效接受是动漫传播的出发点和归宿。动漫作为一种特殊的艺术形式，即一种假定性的活动形象构成的综合艺术形式，具有美术性、叙事性和幻想性的特点，因此，动漫受众在欣赏动漫作品的过程中具有一些特殊的心理机制。我们在进行动漫创意设计的过程中，加强受众意识，分析与探讨动漫受众的心理，对创作出赢得观众喜爱的动漫作品、振兴我国的动漫行业具有十分重要的意义。

（一）动漫受众的视觉审美心理与动漫作品的画面

视觉的审美是指生动、流畅、优美的形象带给受众视觉上的愉悦感与满足感。动漫作品具有美术性，即必须运用一定的造型手段与审美符号进行创作，因此画面的美感对于满足受众的审美心理需求十分重要，许多成功的动漫作品都是以其精美的画面赢得了观众的喜爱。

比如美国迪斯尼制作的动画片，在角色造型方面非常的轻松诙谐、活泼生动，给受众带来了精神与视觉上的快感；在背景绘制上用色简洁明朗，充满诗意，增强了受众的色彩愉悦感，激发了受众对大自然的向往与热爱；室内装饰、摆设和角色动作的细节刻画优美准确，艺术地再现了生活，让受众产生积极的接受心理和认同感。

一部好的动漫作品，让受众在欣赏的同时获得审美感受，通过他们的回味、思索上升到更高级的审美阶段——精神升华，从而使受众得到动漫作品以外的艺术和哲理的启迪，并由此转变为新的审美经验。

（二）动漫受众的自我实现心理与动漫作品的叙事情节

自我实现心理是人类的一种高等级的需要，是动漫受众追求的心灵目标，动漫受众的自我实现心理主要包括通过欣赏动漫作品获得娱乐快感、体验情感共鸣、崇尚道德教化、感受人文关怀等。

受众在欣赏动漫作品的同时，潜意识里也在寻找解决自己生活中遇到的问题的答案，因此，受众会和剧中人物进行角色替代置换，他们的心理会随着剧情的发展而起伏波动。动漫创作的一个重要目的就是通过虚构的故事情节创造形象以表达情感，让观众赏心悦目或者产生共鸣，因此作品的叙事情节决定了动漫作品能否赢得受众，动漫作品的概念设计或者剧本创作是成功的关键。

（三）动漫受众的求新求异心理与动漫作品的风格创意

古希腊哲学家亚里士多德说过，人的心理有一种"探求功能"，即主动探索事物底蕴的欲望，猎奇与冒险、挑战自我的探究欲望是人的天性。这表明动漫受众偏爱新鲜、离奇、具有独特风格的作品，这是由动漫受众的本质心理决定的。

动漫作品具有幻想性，其时空、角色都是作者通过丰富的想象力而创作的，因此动漫作品的风格创意对于满足动漫受众心理十分重要，"情理之中、意料之外"一直是包括动漫在内的影视作品追求的最高境界。比如许多动漫都改编自童话和神话传说，其所体现的丰富想象与独特创意带给受众新奇的感受，符合了受众的求新求异的心理，对于现实生活中的人们具有独特的吸引力。

二、动漫的创意原则

（一）情感性

情感性既是观众欣赏动漫作品的心理需求，也是动漫创意的主要源泉，动漫创作者往往通过内心情感的表达，让观众去体会、感受和审美。情感是人类的灵魂，是人类生存不可缺少的精神寄托，亲情、爱情、友情和对社会或者民族的大爱等各种人类情感的表达是许多动漫作品进行创意设计的源泉。

例如，宫崎骏的作品《千与千寻》保持了他一贯的画风，水彩画出的风景透着灵气和清新，精细的建筑描绘中又藏着天马行空般的想象力，线条简单的卡通形象又不失单纯与可爱，这些都让你很容易就分辨出宫崎骏特有的风格。

当你走进宫崎骏的世界，你仿佛远离了世俗的人生，这里的一草一木，一人一物都被赋予了灵性：可爱好玩的运煤蚂蚁、有八只脚的锅炉老头、外表冷峻内心热烈的小白、横蛮的女巫汤婆婆和她那胖得无法移动的宝贝儿子、脆弱可笑的无脸男，甚至那巨大的神仙浴场也像是一个有着生命的巨虫，还有那被大海包围的车站又通向何方？然而这也是一个现实的世界，这里上演着所有人生的悲喜剧，它不是简单的教化，不是简单的善与恶的对决，所有的故事冲突都源于人的内心，是对自我的艰苦寻找，如图7-9所示。

图7-9 《千与千寻》片段

动漫在很大程度上是一种艺术商品，那么动漫创意设计者就要更多地考虑符合大众情感需求的基本法则，比如符合真、善、美的善恶法则，英雄法则。"人性本善"，社会中的每个人对追求美好生活和拥有积极乐观的生活态度都有所期盼，但在现实生活中往往不可能有绝对的公平和公正。人们的心灵需要抚慰，压抑的情感需要宣泄，对于儿童也是如此，"好"与"坏"是儿童判断客观世界是非最基本的方式，因此善与恶的冲突往往是主流动漫的基本线索，诸如蓝精灵与格格巫、葫芦娃与蛇精……而故事在最后的结局往往是正义战胜了邪恶，达到了惩恶扬善的目的。

从这个角度说，动漫还具有维护社会道德标准、重燃人性之美的作用。在现实生活中，以一般人特别是儿童的能力，不可能总是"正义战胜邪恶"的，所以人们企盼"英雄"，"英雄"就是正义的化身，人们希望在危难时刻总有英雄出现，更希望自己能化身为英雄，所以神通广大、除暴安良的"孙悟空"、"超人"之类的形象总是经久不衰的动漫主角。另一方面，英雄作为勇敢者和捍卫正义的斗士也是众人关注和羡慕的对象，因此，希望成为英雄是人类的普遍心理，许多动漫游戏的创意设计正是从这一心理角度出发，成功地完成了玩家希望成为英雄的角色置换，如图7-10和图7-11所示。

图7-10 《蓝精灵》片段　　　　　　　　　图7-11 《葫芦兄弟》片段

（二）娱乐性

社会生活节奏的加快，加重了人们心理的承受负担，人们为缓解心理压力，就会有合理宣泄压力的渴望，儿童更是具有追寻快乐的天性，而动漫具有表现轻松、诙谐、幽默、滑稽等内容的优势，据我国动画传播状况的一个研究表明，受众欣赏动漫的主要目的是为了"放松身心和娱乐消遣"，这表明娱乐性是受众观赏动漫的首要目的。

娱乐性的动漫作品往往具有幽默的特点，这类动漫作品占有相当的数量和重要地位。例如美国迪斯尼公司的《米老鼠》、《唐老鸭》系列，华纳公司的《乐一通》、《欢乐小旋律》系列，汉那和巴贝拉创作的《猫和老鼠》、《燧石时代》系列等，目的都是为了娱乐观众，观众笑声的大小往往意味着动画片成功的多少。

《猫和老鼠》采用了猫与鼠的原型，它们的恶作剧非常有趣，不论游戏多么紧张激烈，杰瑞都知道它不会受到任何真正的伤害，而汤姆则总是难免受些皮肉之苦，这个机灵老鼠与笨猫的故事，堪与米老鼠和唐老鸭的故事相媲美，没有动物世界中恃强凌弱的残酷，只有两个邻居之间的日常琐事和纷争，诸如小老鼠杰瑞偷吃了汤姆的奶酪，汤姆把捕鼠器放到了杰里的洞门口等，中间穿插的无数恶作剧和幽默片断，让人感受到久违的天真快意。

它们之间的关系常在一瞬间发生变化——化敌为友或势不两立：为敌时绞尽脑汁，互不相让；为友时，亲如兄弟，谁也不记仇。人们在欣赏这类动漫时得到了身心的放松、愉悦与满足，因此，动漫在创意设计方面应注重娱乐功能的发挥，如图7-12所示。

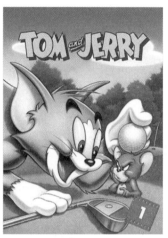

图7-12 《猫和老鼠》片段

（三）哲理性

动漫不仅具有娱乐性，还可以通过综合视听语言，阐述具有深刻意义的道理，带给人们在娱乐之后更多的是思考。通过对动漫受众调查，年龄越大的受众越注重动漫作品的人文内涵，因此在进行动漫创意设计时应注重人文精神的升华。

例如：《三个和尚》这部影片是根据中国民间谚语改编而成的，通过三个和尚没水吃、寺庙失火、三个和尚齐心协力救火直至后来三人合作吊水的情节，既批评了"三个和尚没水吃"这种社会上存在的落后思想，又提倡了"人心齐，泰山移"的社会新风尚，与现实生活紧密联系。该影片获得多项大奖，也是70后的珍贵童年回忆，如图7-13所示。

图7-13 《三个和尚》片段

具有哲理性的动漫作品可以净化受众的心灵，其中所渗透的人文内涵对意识形态的作用是不可低估的。例如，迪斯尼的动画不仅让人们开心一笑，它所宣扬的"勇敢、坚强与努力"的精神曾影响几代人的价值观；日本动画大师宫崎骏的作品之所以能够获得全世界受众的喜爱，主要是因为其中包含的人性化的力量所引起的受众心理的共鸣。因此动漫作品的主题立意应具有思想高度和思想价值，这是动漫创作的思想基础。

（四）幻想性

爱幻想是人类的一大天赋，更是人类勇于探索未知领域的强大动力，而动漫作为一种特殊的艺术表现形式，特别适合幻想题材的表现。源于生活而又高于生活，或者说远离生活的幻想是人们喜爱动漫的又一主要原因，也是动漫区别于其他艺术形式的主要特征。

《千与千寻》中充满奇特想象的神仙澡堂，各种稀奇古怪的神仙都会到那里美美地泡澡；《怪物史莱克》生活在一个"拼盘世界"；灰姑娘、白雪公主、三只小猪等神话角色就生活在人们周围，就像普通的邻居；《海底总动员》有着如现代大都市一样繁华的海底世界……这些动漫作品为观众营造了丰富多彩、变幻莫测的幻想世界。多数动画片的故事也许跳不出"正义战胜邪恶"、"小人物变英雄"、"善有善报"的模式，但是，每个动漫中幻想的那部分却绝对是新鲜的、原创的，成为其中最独特的、标志性的部分。

动漫创意设计的重要部分就是营造具有原创性的幻想空间，动漫的首要责任就是把生活卡通化，强调在动漫中充分地发挥幻想和夸张的特性，如图7-14、图7-15所示。

图7-14 《怪物史莱克》片段　　　　　图7-15 《海底总动员》片段

（五）时尚性

动漫产业被誉为21世纪最富有活力的朝阳产业，在进行动漫创意设计时应赋予动漫鲜明的时代特色。

不论是动画短片、动漫广告、动漫游戏还是动漫贺卡等，都已经成为现代人精神生活的一部分，因此它们要能够满足人们不断提高的欣赏需求和求新求变的心理需求，并且具有一定的引导力。动漫的时尚性可以表现在几个方面：时尚的造型设计、时尚的题材、新颖流行的对白、贴近现代生活的故事情节乃至新技术、新手法的运用等。

（六）艺术性

艺术性可以是精美的画面，也可以是艺术形式的探索。动漫受众的审美心理决定了动漫作品的视觉艺术性。主流动漫一般追求精美的画面，使受众获得视觉美感，这些美的因素作用于受众的各种心理机制，可以唤起受众的审美情感、诱发想象或促进联想，充分满足受众的审美心理需求。

例如《千与千寻》中对日式传统建筑的描绘，细部的刻画一丝不苟，体现出画技的严谨，设色华美绚丽，注重光与色的协调与美感，以真切优美的画面表达主题思想、渲染环境气氛，如图7-16和图7-17所示。

图7-16　《千与千寻》中的日式建筑刻画　　　　图7-17　《千与千寻》中的风景刻画

三、动漫创意设计发展趋势

（一）在受众定位方面更加多元化

"定位决定创意"，动漫受众的多种多样和动漫受众自我实现心理的各不相同，决定了动漫不能只做一种类型的作品，只面向一个受众群体，而是朝着多元化的方向发展。

由于长期以来体制观念上的束缚，我国的动漫创作人员普遍存在一种思维定势，认为动漫仅仅是做给孩子看的，偏向于制作适于低幼龄儿童观看的作品，在各个方面力求接近儿童的思维方式和欣赏水平，而且许多电视台和传媒把动漫内容列为少儿频道或少儿版面，这在很大程度上影响了我国动漫的受众市场，束缚了动漫行业的发展。然而国外动漫却与此不同，由于制作技术的精湛和故事情节的趣味性，动漫适用于不同年龄层次的受众群。

日本动漫名家久保雅一说，动漫应该是老少皆宜的。日本动漫之所以能如此兴盛，就是因为日本动漫不仅老少皆宜，而且遍及生活的各个角落，这和他们对市场的细致划分和对受众的准确定位是分不开的，有根据不同年龄的受众定位的作品，如儿童动漫、少年动漫、成人动漫；有根据不同喜好的受众定位的作品，如球类有《灌篮高手》、《足球小子》、《棒球英豪》等，棋类有《棋魂》等，有科幻故事或历史写实等；有根据不同性别受众定位的作品，如少男漫画、少女漫画；还有根据不同知识阅历的受众而定位的作品，分为具有思想深度的动漫作品和浅显易懂的动漫作品等。

在明白受众定位的多元化趋势之后，国内对于受众的分析也渐渐展开，例如《2007互联网动漫卡通网站受众测量报告》中，就对动漫受众的构成进行了详尽的分析，包括性别、婚姻、教育程度、行业、职业(位)、月收入、地区、网龄、日均上网时间、月均互联网消费程度等各个方面，为动漫的创意设计提供了有力的指导。

广大动漫创作者正在积极顺应这一趋势，逐步改变以往受众定位单一的局面，根据受众群体的不同特点制作出种类多样的动漫作品，也有越来越多的人加入到动漫消费的行列中，从小学生、中学生、大学生、研究生直到公司白领，到处都是动漫迷的身影，许多公认的经典动漫作品和动漫形象深深打动着观众的心。

（二）在创意取材方面趋于全球化

每个国家、每个民族的人们都有自己独特的传统和文化，不受地域和文化的限制，题材丰富的动漫作品给受众以新奇感，因此针对受众的求新求异心理，动漫在创意取材方面越来越走向国际化。比如美国制作的《狮子王》是从英国莎士比亚的经典戏剧《哈姆雷特》(又名《王子复仇记》)中获得的灵感，讲述小狮子辛巴在众多热情忠心的朋友的陪伴下，经历了生命中最光荣的时刻，也遭遇了最艰难的挑战，历经生、死、爱、责任等生命中的种种考验，最后终于登上了森林之王的宝座，也在周而复始生生不息的自然中体验出生命的真谛，如图7-18所示。

图7-18 《狮子王》片段

《花木兰》取材于我国的民间故事《木兰辞》，讲述的是一个中国古代少女代替父亲从军的传奇故事，在风靡全球的同时也将中国古代传奇故事推上了世界影视舞台，更为迪斯尼公司的动画片注入了全新的活力和生命。

相对于国外来说，我国的许多动画片在取材方面就有点狭窄，多限于我国的古典名著、历史典故、神话传说等，不能很好地满足受众求新求异的心理需求和日新月异的审美口味。例如《大闹天宫》、《金猴降妖》、《铁扇公主》、《人参果》都取材于《西游记》，内容对原著没有大的改动，创意方面未能给人以新意。其实，我国有着历史悠久而博大精深的文化资源，史书与传奇不胜枚举，国外也有许多可以借鉴的题材，我们应当顺应当前时代的文化潮流，广开思路，兼容并蓄，去寻找创作灵感与动漫题材。

（三）在风格创意方面更加多样化

"风格"在《辞海》中的解释是：作家和艺术家在创作中所表现出的艺术风格和创作个性。动漫作为一种综合艺术，也有自己的风格，它的形成主要依赖于以下几个方面：创作者的风格、美术的风格、叙事的风格、音乐的风格等，所有这些风格综合起来形成整部作品的风格，它在动漫的创意设计中就基本确定下来，成为整部作品的基调。

美国动画片经过了自身的发展，形成了与日本截然不同的风格，它以剧情为主导，设置曲折动人的情节，使影片显得生动有趣，而人物性格鲜明，又由于美国人乐观进取的民族心理，所以甚少悲剧。以迪斯尼的《花木兰》为例，它虽然取材于中国的《木兰辞》，但将美国的现代理念融入中国的古老传说中，原本简单的"代父从军"添加上了"相亲"、"爱情"和"护君"等情节，使整部影片的情节显得跌宕起伏，而创意者为了强化夸张滑稽的风格，特意给《花木兰》配上"木须龙"的形象，为龙不尊，犹如小丑，惹人捧腹。而另一方面，迪斯尼为了迎合东方审美情趣，特意为该片设置了与迪斯尼以往动画片有所不同的风格，由于是中国的经典传说，所以无论是在画面视觉上还是整体风格上都有意识的借鉴了中国画的一些技法，工笔与水墨相结合，点与面相结合，虚与实相结合，显得意境源远流长而突显出浓郁的东方韵味，在美国先进的动画制作技术的帮助下，形成了写实与写意完美协调平衡的风格,如图7-19所示。

图7-19 《花木兰》片段

国产大型电视动画片《哪吒传奇》历时三年的制作,播出后创造了很好的收视效果,得到了人们的积极评价,受到了社会的广泛关注,同时也收获了丰厚的市场回报。这与该片在创意设计时注重东方文化与现代文明传承的风格是分不开的,它立足于符合现代人审美习惯的新视角,将民族文化融入风格创意和故事情节之中,既轻松诙谐,又浪漫神奇,时代精神、民族文化在故事中得到了丰富和升华。

(四)艺术与技术的紧密结合

动漫作为艺术与文化、科技结合的产物,艺术与技术的完美结合一直是动漫创作者追求的最高境界,技术的发展不仅冲击和改变着动漫的观念,而且扩展了动漫的创意设计,独具中国特色的水墨动画就是一个很好的例子。水墨绘画是我国优秀的民族艺术传统,在国际上也享有很高的声誉,怎样在动画设计中大量运用水墨艺术元素,以求动画创意设计、艺术表现上的创新,以及传承和发扬传统文化,是动漫设计者们思考的问题。

20世纪五六十年代水墨与动画技术的结合开创了动画艺术史上的"中国学派",《小蝌蚪找妈妈》就是代表作之一,在屏幕上,齐白石笔下的鱼虾等形象霎时灵动跳跃起来,令人大为惊奇,它打破了动画片"单线平涂"的模式,没有边缘线,意境优美,气韵生动,获得了国内国际多项大奖,如图7-20所示。

图7-20 《小蝌蚪找妈妈》片段

在如今动漫产业日新月异的发展新形势下，怎样更好地发扬民族文化艺术传统，走出一条具有中国特色的动漫之路，一直是我们思考和努力的方向。许多独具中国特色的艺术元素融入动漫中，并与新技术相结合，给中国动漫注入了新的活力，也预示着动漫创意未来的走向必然是将艺术与技术更紧密、更有机地融为一体。

环球数码(IDMT)的数字动画片《桃花源记》取材于东晋诗人陶渊明笔下的经典故事，创作者巧妙运用中国传统的水墨画、皮影戏、剪纸、大写意等多种艺术元素，通过流畅精致的数字手段，将这一古老传说题材在3D技术平台上表现得淋漓尽致，获得日本TBS动画数字作品大赛中国赛区一等奖和最优秀奖，以及"美猴奖"最佳短片的殊荣。

技术是展现艺术的手段，技术的发展丰富了艺术的表达与想象空间，计算机动漫将以往动漫对科幻、梦幻、神话等题材的偏好发挥到了极致，由计算机虚拟出来的假想世界是人类释放幻想情结所做的夸张、变形、弹性、惯性、色彩、质感等多方面有着惊人的改变，也从根本上影响了动漫的创意设计。

第三节　动漫的推广

一、动漫产品的产业属性

影视产品的市场化过程，就是使艺术家创作的产品，能够按照社会的需求，与广大消费者见面的过程，这个过程从本质意义上来说就是接受市场检验、充满市场竞争的过程，是讲究商品供求关系和市场运作的过程。

影视动画产品在物化的过程中，融合了创作设计、制作加工、发行营销、播映消费、产品开发等各个环节，已经具备了产业化的色彩，当它以商品形式进入市场，实现其效益或利润时，影视动画产品就具备了产业化运作的基本属性和特征。

其一，这是一种"商品"的生产、流通及再生产的活动。

其二，它的目的是为了满足人们精神文化生活的需要。

这两大特点，从本质上揭示了"影视动画产业化"的基本内涵，同时也告诉我们，影视动画的产业化属性，都是通过"市场"这个平台来得以体现的，也充分体现了它既是工业产品，又是文化价值的体现者的本质。

作为工业产品，它排斥个人化、政治化的因素，必须服从市场化的规律。

作为文化价值的体现者，它又不应承受过度商业化的倾向，而需要尊重国家的利益和政府的导向。

影视，作为一种大众消费的文化商品，从它诞生之日起，就与商业活动紧密相连，走向市场的影视作品，在其商业化运行的过程中，就应遵循市场经济的法则。

从经营主体的角度出发，影视作品的经营者，同其他商品生产的经营者一样，以赢利为目的，摄制出能为广大观众所青睐的作品，是其生存的基本条件，市场是其生存的土壤，由此而展开的一系列市场竞争，对于影视经营者来说，都是至关重要的。

从社会整体角度来看，社会之所以需要影视产品，不仅仅是因为它可以赚钱，可以赢利，更因为它还可以满足人们的文化需要，丰富人们的精神生活，有利于整个社会精神文明的提升。

影视作品的商业化运作过程，只是在市场经济条件下，更好地实现和扩大影视再生产的一种手段，目的是始终保持有更多更好的影视作品，来丰富广大观众的精神文化生活。

为了使影视创作生产有一个良好的生产秩序和规范的市场秩序，对影视产业加以规范和引导，努力寻求经济效益和社会效益的协调和统一，是十分重要和必须努力去做的。

影视生产的最大特征，就是技术和艺术的完美结合，而这种特征，从一开始就决定了影视生产离不开工业化的生产，它的摄制、放映等技术设备必须有机械、化工、电子等工业作为保障。影视，是所有艺术门类中，唯一从最初形成阶段就必须有资本介入的艺术。

毫无疑问，从以上阐述中我们可以清楚地知道，影视作品的生产，也是一种有资本投入的商品生产，而且是一种融合了所有艺术形式和技术含量极高的文化商品。作为一种特殊的文化商品，当它走向市场，实现其价值和使用价值时，也开始了它在市场上的自由竞争和自我营销之路，同时也体现了产业化的所有特征。

二、动漫产品的发行宣传

影视动画既然是文化商品，那就必须与消费者见面。影视动画与其他实物商品最大的区别是：它必须通过影视播放系统来展示给广大观众，而被观众消费。影视动画的制片方，通过电影院的放映，获得票房收入；通过电视台的播出，取得播出费的收入。

在观众中产生影响后，那些有市场开发潜力的动画片，才能建立衍生产品的开发市场。

如果说影视动画的创作生产是龙头，那么影视的发行与销售就是命脉了。因此，以影视动画发行与营销为主体的影视播放系统，是推动动画产业链建立和发展的关键环节。

普通产品通过广告等形式宣传，进入千家万户，不论其性能质量是否像广告中说的那么好，至少先混个脸熟。影视产品也一样，宣传做得好不好，直接关系到首轮票房和收视率，因此，作为制片人来说，应该舍得在广告上花钱，尤其是大投资大制作的影视动画作品，在项目前期阶段，就应开始进行宣传推广工作了，常见的发行宣传有以下几种形式。

1．人员促销

组织专人进行宣传促销，是最直接、最灵活的发行宣传方式，宣传人员从影片的前期策划阶段就开始工作，并始终贯穿于整个制作过程，他们采取一切可以采取的手段，以自己特有的渠道和方法，将影片的亮点、看点，以文字、图片或宣传预告片的形式，不断展现在各种媒体及公共宣传平台上，起到未映先热的效果，培养观众期待的心理感受。

事实证明，采用人员促销是最能体现宣传效果的，具有"一贯性"和"累积性"。作为发行宣传人员，在进行这项工作时，应注意以下几个方面。

(1) 要制订相当完整有效的宣传计划。不能漫无目标，也不能毫无节奏，更不能乱花钱。计划一定要有针对性，比如前期推广，目的是获取信息反馈，可以及时调整相关内容，在一定程度上起到化解风险的作用。

(2) 要掌握推广的时机和内容。比如：什么时候适合召开新闻发布会，什么时候可以公布花絮或预告片，什么时候可以和发行商提前洽谈等。一般掌握好三个阶段：前期筹备、中期制作和后期播映。

(3) 找出亮点、卖点，对主创人员和影片明星进行适度炒作。

所谓亮点，就是故事情节中最出彩的内容、声音或画面。好的技术应用，有时也是亮点之一。

所谓明星，就是影片中的主要造型，如《宝莲灯》中的沉香与二郎神；还有就是好的配音演员，如为《宝莲灯》配音的陈佩斯、姜文等演员，如图7-21所示。

图7-21　陈佩斯为《宝莲灯》配音

有时，还有好听的主题歌以及著名的导演、美术设计和音乐作曲等，都可以拿来作为宣传亮点。

(4) 要严格掌握发行成本。宣传、发行及销售成本的多少，直接影响利润收益的高低，因此，做好发行的预算及控制发行费的支出，十分必要。

当然，在很大程度上，发行成本的高低，与发行效果的好坏还是成正比例的。上海美术电影制片厂所拍摄的两部影院动画大片《宝莲灯》和《勇士》，之所以形成悬殊的票房差别，其中一个主要原因，就是两者发行费的投入相差太大。

按常规，一部动画片发行费的投入，约占全片费用的5%～10%。成本支出的高低，很大程度上取决于促销人员的专业素质和业务能力，一个优秀的促销人员，往往会起到事半功倍的效果。

2. 媒体广告

发行宣传见效最快的宣传形式，就是通过大众媒体发布信息。经常采用的媒体平台有：报纸、杂志、户外平面广告、户外流动广告、广播、电影、电视、网络等。发布的信息种类有新闻报道、记者专访、人物访谈、专题介绍、海报宣传画、音频广告、电视广告、花絮播放、电视专题、广播专题、网页制作等。

媒体广告宣传是相当花钱的宣传方式，在策划这一类广告宣传时，一定要有非常好的创意内容，精心设计，努力做到宣传内容短小精悍、宣传效果令人难忘、播出时段恰到好处、发布平台选择准确实用。

3. 公共展示

公共展示是利用各种会展等大型活动来展示宣传影片，是目前非常好的一种宣传途径。随着我国动漫产业的逐步发展，各种社会大型活动层出不穷，为动漫企业、个人、团体提供了一个互相交流、展示和交易的平台。这些大型活动主要有各种形式的动漫展览，各种内容的交易博览会，动漫企业年会，大型的国际动漫节、艺术周，以及特定内容的新闻发布会、产业论坛、研讨会等，甚至可以走出国门参展各种国际动画节。

三、电视动画的推广发行、销售

影视动画作为商品，要收回投资成本，完成产业循环，实现自身价值，就必须通过影视播出系统，通过发行销售渠道来最终完成。因此，作为制片管理的重要环节，对我国影视播出系统的发行方式、销售渠道的基本情况，作一番了解，对于制片人来说十分重要，它可以帮助你在销售这个环节中，作出最有利的选择。

所谓影视播出系统，就是电影和电视两种不同的放映和播放平台。下面把这两个平台的赢利模式和销售发行方式，介绍给大家作为参考。

（一）电视播出的赢利模式

目前，国内影视动画剧目，主要是通过电视这个播出平台，进入千家万户与广大观众见面的。比较出版、电影、网络和电视这四种媒体，电视的强势地位是非常明显的，这主要表现在以下几方面。

数量的优势。中国是一个电视大国，截至2004年底，中国城乡居民拥有的电视机数量已达到4亿台以上，各地电视台达3000多个，上星频道将近40个，我国电视的国内人口覆盖率已达到了94.829%，是当之无愧的世界第一电视大国。媒体对比的优势显示：电视占统计人口的80%以上，报纸占50%以上，广播占30%以上。

动画片的制作者首选的销售机构，就是电视台，收回的第一笔投资款，通常是由电视台支付的播映权或者是版权的费用，电视台通过出售随动画片播出的广告时段，获取广告商支付的广告播出费。广告运营商，则通过电视广告的播出，实现商品的销售增长，从而从消费者那里获取更多的销售利润。消费者在满足了节目欣赏的同时，也可能同时消费了广告商品。

所以，如果一部精彩的动画片收看的人越多，电视台的收视率就越高；收视率越高，广告商就越愿意投放广告；广告费用投放越多，电视台就越有钱买动画片；电视台购买动画片的价格越高，拍摄动画片就越能赚钱；只要能赚钱，就可以继续拍动画片。这就是影视动画产业链得以生存的基本循环模式。

从以上产业模式中可以看出，电视台和广告商，更近似于某种介质，供需得真正主体，是动画片和它的观众。因此，从某种意义上来说，观众手里的遥控器，才是最终决定一部动画作品价值的关键所在。

（二）电视销售的基本渠道

电视销售，从形式上来看，可以分为直接渠道和间接渠道；从空间分布上来看，可以分为纵向渠道和横向渠道；从地域上来看，可以分为国内渠道和国外渠道。

1. 直接渠道

直接渠道，是指制片人或制片机构，不通过中间销售商，而直接面向市场，是产、供、销一体化的经营模式。这种模式，对于影片制作人来说，是较为有利的，因为没有了中间环节的费用，减少了销售成本的支出，另外，它还因为减少了流通环节，而加快了节目的运转和信息的反馈。

直接渠道的具体形式是直销。制片人直接与播出商建立销售关系，进行节目交易，通过网络销售和媒体宣传吸引买家。

直接渠道的不足之处，是制片方要花费大量的精力，去寻找买家，对一些销售渠道有限的制片人来说，这种方式有局限性。

2. 间接渠道

间接渠道，是指节目产销之间形成的中间发行商，它们从制片人手中购买节目，转手卖给各播出平台。中间发行商最大的优势在于：有遍布全国甚至国际的销售网络，拥有较为雄厚的资金实力，有广阔密切的市场关系，有专业的营销队伍和营销手段，有较为正确的需求信息，有一定的节目库和较大的发行量。这些都是影片制作者所不可能拥有的，因此很大一部分动画节目，就是通过中间渠道进行销售的。

中间渠道有以下优点：有利于回收资金，有利于盘活节目、扩大发行量，有利于保证节目发行成功，有利于分担市场风险，有利于推动节目繁荣。

3. 纵向渠道

纵向渠道，是指从发行到消费的渠道。从电视台层面来看，是从国家电视台到省级电视台再到县市电视台。

4. 横向渠道

横向渠道是指除了电视台以外的其他播放渠道。一般有：无线电视网、有线电视网、录像、光盘、内部系统等。

5. 国内渠道和国外渠道

以上基本都是指国内渠道，而影视动画片仅靠国内市场，在目前市场状况下是难以收回投资的，必须要将目光放到国外市场上去，努力将中国的动画片推广到世界各地，这才是动画片收回投资，做大做强的最好渠道。

(三) 营销方式

电视动画的销售，可以根据制片人的需要而采取各种不同的交易方式，一般常用的有以下几种。

1. 卖断发行权

卖断发行权，是指制片人根据自身的具体情况和价格依据，将节目经营权一次性地卖给销售代理商或播出机构，也称版权的整体出售。

2. 卖"期货"

所谓期货，就是发行权的预售，也就是制片商将未完成的影片，通过包装宣传，预先卖给代理商或播出机构。提前售卖可以减少制片商的投资风险，代理商或播出机构也可以得到价格优惠，但也存在一定的风险。

3．捆绑销售

捆绑销售也称搭卖，是将新片和老片组合成"套餐"推出，这样既可以给购买方以量大实惠的感觉，也有利于壮大销售声势。

这种方式对于有一定节目库存的动画制作机构来说，是一种十分好的销售方式，动画片其实没有新旧之分，对于没有看过的人来说永远都是新的。

4．贴片广告

所谓贴片，就是播出机构以提供相应的广告时段，来替代支付播出费而取得播映权的一种方式。

制片人或发行代理商拿到的是广告时段，只有将时段卖给了广告商，制片人才能赚钱，当初国外动画制片商就是以这种形式，大举进入中国市场的。

5．网络销售

网络这个平台，改变了许多传统的销售方式和销售理念，市场前景广阔。

(四) 价格形式

1．卖断价格

卖断价格，就是指播出机构根据所要购买的节目版权内容、发行区域和发行期限所给出的价格。卖断，一般有四种价格形式。

(1) 购买全国首播权和永久播出权的价格(只能播出)。

(2) 购买国内发行权的价格(不包括海外发行权和产品开发等权利)。

(3) 购买有线电视发行权的价格(只能在有线电视台播出)。

(4) 购买全部版权的价格(包括首播权、国内外发行权、音像版权、产品开发权等)。

2．地区价格

地区价格，是指制片方向各收视覆盖范围不同的地区发行影片节目的价格，在同一收视范围内，只能以一种价格卖给一家播出机构。

3．贴片价格

贴片价格，是指由制片方提供节目，由播出方提供广告时段，根据所要播出广告的时间、方式、长短以及时段而决定的价格。

四、影院动画的推广发行和销售

影院动画片，向来都是大投入大制作，集中了动画电影的所有特征，因此往往倾尽了电影工作者的心血。一部成功的影院动画片，具有非常大的票房号召力，有的甚至超过同一档期的故事大片。

动画电影的发行销售，和其他类型的影片发行基本一致，电影的发行是连接制片与放映两头的中间环节，是架设在产品与销售中间的一座桥梁，是产品流向消费的渠道，因此作用极为重要。了解电影发行销售的基本内容和环节，也是作为一名合格制片人的起码要求，电影的发行方式主要有以下几种形式和内容。

1. 中介性发行

中介性发行，是指所有制片单位生产的影片，由中国电影公司独家统购包销，然后按计划将要公映的影片，有序地排给各省市电影公司上映，并同时负责向各具体上映影院提供影片宣传海报、放映拷贝、上映档期，以及配合影院做好上映宣传和市场促销活动。

中介发行，是比较传统的发行模式，也是计划经济时期的主要发行方式。这种发行方式的特点是：通过影片组合、影片排映、广告宣传、促销手段等一系列较为完整的程序来达到影片上映的目的，是一种经营行为。

中介发行的经济收益，主要是通过票房产出来完成的，在整个发行过程中，中国电影公司以及各省市电影公司所从事的电影发行，是一种中介性的经营活动，发行机构也都是属于中介机构。

2. 交易性发行

交易性发行，是指各制片单位将自己所拍摄的影片，面向全国各省市电影公司发行，或把版权交由各电影公司代理的一种发行方式。交易发行方式，打破了原有影片发行一直以来都由中国电影公司独家统一收购、统一发行的格局，使各制片单位拥有了国内发行的自主权，改变了过去电影发行体制上渠道不畅、环节过多和区域垄断的局面，活跃了我国的电影市场。

交易性发行的特点是：首先，制片单位把地区发行权卖给各地电影公司，或把发行权交由各地电影公司代理，不直接面向影院，也就是不直接面向市场，票房的产出，也与发行没有直接关系。制片单位的影片发行，只是一种"产品的买卖"，而不是"商品的营销"；其次，交易性发行方法灵活，形式多变，没有固定模式，也不需要相关的程序，完全采用因地制宜、因片而宜甚至因人而异的方式。

随着市场经济的发展，各制片单位在获得了影片的自主发行权后，马上感觉到市场效果直接影响影片的经济回报，于是各制片单位，纷纷把组建自己的发行团队作为工作的重点，开始了由制片单位到自主发行影片的经营业务工作。

而中国电影公司的垄断地位被打破后，其作为中介机构的中介属性，却日益彰显出来。由此看来，电影的中介性发行方式，将失去对市场的主宰地位，继而逐步隐退。

3. 分账发行

分账发行，是指版权所有者不出售发行权，而是以代理的方式委托发行中介经营，并以双方事先约定，按照票房收入，在制片、发行和放映之间进行分成，这种发行方式是国际较为流行的运作方式，也是比较符合市场规律的一种发行手段。

4. 卖断地区版权

卖断地区版权是指制片方一次性将该地区的影片版权卖给当地电影公司，影片卖断后，所有与发行有关的事，便与制片商无关了。至于影片发行放映是否成功，赚钱还是亏本，都由电影公司承担了。采用此种方法进行交易，要求影片买卖双方对影片的市场票房有一个相对准确的定位。

虽然这种形式并不是那么公正，但从目前影片发行的情况来看，首选的发行方式，往往还是采用版权卖断，尤其是对那些内容和形式都比较特别的影片来说，只有选择此种形式，否则就无法进入放映市场。既然版权卖断已成为制片单位交易性影片发行的一种常用形式，说明它的存在还是有一定的合理性。

5. 院线制

院线制，是中国影院业借鉴国外先进的运作模式的产物，是近几年才引入中国的新概念。所谓院线，主要是指供片商或制片商与一定数量的影院间，通过某种合作形式，在一定时期内形成的互利的放映连锁组织，它是影院间自我调整、自我归位的一种自然集合体。其目的是增强影院的市场竞争力，同时，从市场细分的角度，来满足不同观众的消费需求，也就是让观众在不同院线，可以看到不同的影片。这样做，一方面可以体现不同院线的经营特点，让影院可以集中自身力量做好特色经营；另一方面，也可以让观众在选择影片时更加直观明确，比如可以随意选择国产片院线还是进口片院线。

院线制的出现，有助于打破垄断发行的局面，激发电影市场的竞争，形成双方利益的最佳结合与协调；也有助于形成电影市场的规范和有序竞争。院线的规模和层次，决定着电影制片机构的市场收益，院线规模越大，影片在市场的定位越佳，为制片商提供的获利机会也越多，施展的舞台也就越大。

院线一般都根据"影片类型化"、"市场细分化"的原则，来进行观众分流、影片分类、影院分线的实际操作。因此，它拒绝一家影院跨两线的"双院线制"主张，而提倡不同的影院按其不同的市场层面和不同的观众需求，组成不同的院线。

这样的经营模式，可以形成一个专业管理和集中规划的影院网络，可以使资金加快周转，物流综合管理，具有规模经营的各种好处。院线一旦形成规模，就能形成品牌，形成更大的竞争优势。院线制，正以其强大的生命力，在中国的电影市场中日渐显现。

电影和电视，虽然在具体的发行方式和销售渠道方面各有千秋，但是，经过几十年的探索和发展，电影和电视从当初的对抗局面，走到了今天互为依托、相互融合的时代。

五、诞生了电视电影这一艺术形式

影视联姻，不仅可以成为电影新的产出模式和赢利模式，还可以成为大众传媒时代一个新的标志性特征。

家庭影院，随着影视数字技术的发展，越来越多的家庭影院，成为影视产业的又一渠道。这使得影视作品的一部分收益，通过录影带、VCD、DVD等的租售和家庭影院的播放得以实现。

据悉，在美国，好莱坞电影中的52％的收益来自家庭影像业务。但是家庭影院的巨大市场前景，必须有一个严密的法律体系作为保障，才能成为新的利润窗口。否则，就是一个巨大的盗版市场，成为冲击影院票房和收视率的致命因素。

本章小结

了解动漫的本质是什么，对于我们进行动漫创意设计具有重要的指导意义，也对动漫的策划、创意、推广有着指导性的作用。本章从动漫的概念、领域入手，对动画的概念和特点、动画概念的扩展、漫画的概念、动漫的融合、动漫的产业化发展几个方面进行了较为详尽的阐述，进而引入动漫的策划、动画的原理和动漫的分类，再从动漫受众的心理需求、动漫的创意设计原则两个方面分析了动漫创意设计的原理，从而让读者对动漫创意设计的原理和领域有了一个比较清晰的认识。最后，分析了动漫创意设计的发展趋势和推广方式，为动漫的创意设计提供了一个扩展思维的具有前瞻性的大方向。

思考与练习

1. 为什么说影视作品的"策划"工作是所有制片工作的源头？
2. 作为影视动画项目的前期策划主要包括哪几项重要内容？
3. 中国目前的影视动画项目投资形式主要有哪些特征？
4. 按照动漫的分类，收集各种动漫作品进行分析。
5. 动漫受众的心理需求会对动漫的创意设计产生什么样的影响？
6. 在进行动漫创意设计时，要遵循和把握哪些原则？
7. 结合实例，自己尝试分析动漫创意设计的发展趋势如何。
8. 如何理解影视动画产品的市场属性？
9. 为什么说影视动画产品是一种特殊的商品？
10. 电视动画的销售渠道主要有哪些形式？

第八章

动漫教育

学习要点及目标

- 了解动漫制作的基本步骤。
- 了解动漫制作的相关软件。

本章导读

时至今日，动漫教育在我国仍然是一个新兴的教育领域。虽说我国动画教育肇始于20世纪50年代，迄今已有半个世纪的探索和发展历程，但由于设立这个专业的学校少、招生少，缺乏连续性，所培养的数量极少的专业人才又几乎全部进入了中国唯一的一家动画制片厂——上海美术电影制片厂，所以动画教育一直具有某种神秘色彩，动漫教育认知度不高，动漫人才处于稀缺状态。

直到2000年以后，由于政府的大力扶持和宣传，"弱小"的动画事业才得以摇身变为蕴含巨大金矿的动画产业，并对动画专业人员的需求量急剧增加，随之带动了我国动画教育的繁荣与发展。

本章在回顾中国动画教育产生与发展的历史的基础上，对我国动画教育现状和问题进行考察与分析。

引导案例

动漫专业毕业生"高不成，低不就"

高校动漫专业如雨后春笋般迅速发展起来，大批毕业生前往京沪等大城市寻求发展，纷纷进入动漫公司工作，然而真正能够留下来的却是少之又少，为什么会出现这种现象呢？

动漫公司负责人认为目前动漫专业培养的学生与实际需要相差太远。比如，一个学习动画编导的学生没有故事构思和剧本写作能力，原画设计上不了手，插中间画吧，描线的基本功又太差，怎么办？公司只好从头培养，可是他们缺乏吃苦精神，没几天人就跑了。因此，对动漫毕业生评价起来就是"高不成，低不就"。

第一节　我国动漫教育现状

一、我国动漫教育历史简述

我国的动漫教育可以上溯到20世纪50年代，上海美术电影制片厂不仅是我国动漫创作的先驱，同时也是动漫教育的先驱。

早在20世纪50年代初，上海美术电影制片厂的老艺术家钱家骏、范敬祥等，就曾在苏州美术专科学校开办动漫专业，先后招收过两届学生，1952年，在全国大专院校调整时，苏州美术专科学校的动漫专业并入北京电影学校，1953年学生毕业后，动漫专业停办，大部分师生进入上海美术电影制片厂工作。

1959年上海电影专科学校成立，设有动漫专科，由钱家骏任主任、张松林任副主任，先后于1961年和1963年培养了两届具有大专程度的动漫专业人员。此后，上海电影专科学校于1963年停办，这批专业人员遂在投身创作实践中成为上海美术电影制片厂的业务骨干。

20世纪70年代之后，上海美术电影制片厂采取多种形式培养动漫人才：第一，上海美术电影制片厂支持北京电影学院开设动漫班，曾多次派出动漫专家任专业课教师，培养了一批本科程度的动漫人员；第二，与上海华山中学合作，开设中等程度的动漫职业班，共培养了60多名动漫专业人才；第三，在厂内开办动漫训练班和动漫设计训练班，以边工作边学习的方式，培养了一批年轻的创作人员。

【拓展知识】

钱家骏

钱家骏为中国动漫发展做出了卓越的贡献，是我国动漫电影事业发展的重要人物之一，如图8-1所示。

钱家骏，1935年毕业于苏州美术专科学校，曾任重庆教育电影画片社社长、苏州社会教育学院教授、香港南国动漫学院校董、中国电影制片厂编导委员兼美工股股长，新中国成立后，历任专科学校、北京电影校、上海电学校教授、上海美术电影制片厂美术设计、导演、总技师。

图8-1　钱家骏

钱家骏导演的美术片《乌鸦为什么是黑的》1956年获第八届意大利威尼斯国际儿童电影展览奖状；《一幅僮锦》1960年获第十二届捷克斯洛伐克卡罗维发利国际电影节荣誉奖。他担任技术指导的动漫片有《小蝌蚪找妈妈》、《牧笛》等。

从20世纪50年代到90年代末，北京电影学院所开办的动漫专业是我国唯一的动漫学高等教育机构，2000年以后，由于动漫产业的蓬勃发展，带来了动漫教育的急速增长，由中国动漫学会所提供的统计数据显示，2003年，全国以动漫方向、动漫专业、动漫系或者动漫二级学院等形式开办动漫教育的高等院校已有93家，在校生总计大约7000人；到2004年7月，达到124家；到2004年10月，这一数字又上升了47家，总数达到171家，而且还有继续上涨的趋势，同时，社会上的制作机构也在以多种方式加大培训力度。

二、动漫教育现状分析

在短短的四五年时间里，我国涌现出这么多动漫教育机构，其原因主要在于动漫产业发展的带动和动漫创作需求的增大。20世纪80年代以前，上海美术电影制片厂是我国动漫创作的唯一基地，并由此而决定着动漫人才的需求量以及对动漫人才的培养方向和培养形式，这其中，有在上海美术电影制片厂内部采取师傅带徒弟的形式，有小型动漫培训班的形式，也有与高等院校合作的形式。当时，由于我国动漫没有形成产业规模，产量低，仅一个上海美术电影制片厂对动漫从业者的需求毕竟是有限的，而有志于动漫事业的青年人又没有学习动漫的机会，由此而造成了动漫业的滞后。

近年来，国家对动漫业进行大力扶持，为社会搭建了一个巨大的就业平台，社会对动漫人才的大量而急切的需求，促使动漫成为大专院校的热门专业。各大专院校和社会培训机构看到动漫教育所产生的社会和经济的双重效益，便纷纷开设动漫专业。然而，在这繁荣景象的背后，我们也应看到，我国现行的动漫教育所存在着盲目性和功利性，以及由此引发出多种弊端，如在师资力量和教学体系上所存在的缺失与不足等，特别是从近一两年的动漫专业毕业生的就业形势和实际工作中，越发明显地暴露出了问题的普遍性和严重性。

（一）动漫专业建设过热，缺乏冷静

动漫教育是一个艺术与技术相结合的专业，并且存在二维动画、三维动画以及网络动画等不同的应用方向。正是由于动漫教育具有跨艺术与技术两个领域的特点，既为众多院校开设动漫专业提供了可能性，又为动漫教育陷于"庸"、"滥"而种下祸根。

目前各院校对动漫专业的命名五花八门、名目繁多，如叫动画、动漫艺术、数字艺术、影视动画、卡通艺术的。经有关部门考察，除四大动漫基地(北京电影学院动画学院、中国传媒大学动画学院、中国美术学院传媒动画学院、吉林艺术学院动画学院)在教学体系、师资水平、科研设施相对成熟之外，大多数院校的动漫专业都是在近一两年内，在条件不完善的情况下匆匆上马的，谈不上什么学科基础、教学体系，甚至连基本的教学设施和师资力量都极度短缺，完全不具备培养高层次动漫人才的设施和能力。

北京电影学院动画学院简介

北京电影学院动画学院的前身是北京电影学院美术系动画专业。该专业最初成立于1952年，在这50多年里，电影学院动画专业在国内动画教学科研领域取得的成绩显著，在该领域保持着领先地位，为我国培养了一大批优秀的动画人才，曾经培养出阿达(动画短片《三个和尚》导演)、戴铁郎(动画片《黑猫警长》导演)、严定宪(《哪吒闹海》导演)、林文肖(《雪孩子》导演)、胡进庆(水墨剪纸动画片《鹬蚌相争》)等老一辈动画艺术家和一大批活跃于中国动画舞台的中、青年动画导演，为中国动画事业的发展做出重要贡献。

2000年，北京电影学院为了适应动画发展的需要，增强我国动画的创作力量，在动画专业的基础上，成立了全国第一所动画学院，并得到国家的高度重视和大力支持。如图8-2所示。

动画学院以培养动画电影和动画电视导演、高级动画创作及动画制作人才为主要目标，采用数字技术与传统动画相结合的培养方式，实现动画学院"产、学、研"一体化，努力培养出具备创新能力，能够掌握新技术，同时兼备高修养的综合性艺术人才。

图8-2　北京电影学院动画学院

当今社会，学院要培养一个动漫创作人才，在知识结构的教学上至少应包括如下五个方面：美术基础、电影语言、动画规律、设计运动和电脑软件应用能力。考察全国设有动漫专业的各院校，除四大动漫教学基地之外，有能力完成上述四个方面教学任务的院校凤毛麟角，而能够全方位、针对性地培养动画片编剧、导演、原动画绘制人员、分镜头、设计稿绘制人员的院校更是寥寥无几。

从这一点来说，或可认为当今大多数院校的动漫专业并非传统意义(即上海美术电影制片厂所需要的欣赏性动画制作的动画人才)上的动画专业，而只是涉及网络、影视广告、三维设计方面的数码设计专业或数码影视制作专业而已。对于此，我们从某院校招生简章中对动漫专业毕业生去向的说明中便可领略一二，即学生毕业后适合在游戏公司、动画公司、电影制作公司、软件公司、广告公司、影视公司、电视台、教育机构、杂志社、出版社、房地产、网络媒体、相关院校及科研单位、自己创业等方面工作。

由此不难看出该学校动漫专业的培养目标不仅过于宽泛，而且完全不具有针对性。大而不当的培养目标，实际上等于没有培养目标，而没有一定的培养目标，则是由没有专业培养能力所决定的。事实上是有很多院校都是在原有的计算机专业、平面设计专业中点缀分镜头设计、动画概论等两三门动画专业课，并称其为"全新"的动漫方向。其具体表现为：有些院校声称培养动画片的创作人才，却把动画简单地理解为原动画绘制或三维软件应用；有些院校混淆卡通漫画和动画的区别，一概称为动画专业；很多学校对动漫本体理解模糊，教学体系混乱。

一些院校动漫专业的学生反映，在校期间学了油画、漫画、动画、三维软件、合成软件、网页设计和平面设计等，看起来内容丰富，其实根本没有系统性，学生没有学到本专业的真本事就被推向社会，当然是很难胜任动漫的创作、制作工作。所以，我们必须对目前国内动漫专业"大跃进"的现象有冷静的思考和科学的分析，必须用辩证的观点去看它，务求能够真正培养出为发展动漫产业所急需的专业化和高层次人才。

（二）动漫专业教师严重缺乏

2000年之前，北京电影学院是国内仅有的培养本科层次动画人才的教育机构，据估算，2004年以前，在我国具有动画专业硕士以上学位的人才还不到两位数，那么，全国众多院校动漫专业的教师从何而来呢？据了解，各院校一般采取两种方法来解决师资匮乏问题：第一，送本校教师到北京电影学院进行短期培训；第二，直接聘用电视台、动画制作公司的从业人员担任专职或兼职教学工作。

这两种方法固然解决了一些学校的应急之需，但是对于教育本身来说，这两种方式均存在着明显的弊端。据某院校学生反映，该学校动漫专业在师资、资金、设备均不到位的情况下就匆忙上马，学校的安排是这样的：学生第一年先学基础课，如：素描、色彩、三大构成、文化课等，在这期间送年轻教师到电影学院培训；一年之后，教师培训结业，回本学校直接从事第二年的动漫专业教学工作。

且不论年轻教师的业务水平和对新知识的掌握情况如何，这种方式显然是违反教育教学规律的；聘请有一定经验的电视台、制作公司的动画人员，虽可以临时解决动漫专业师资缺乏的问题，但是这些从业人员往往没有经过正规的教师岗前培训，不善于运用得当的教学方法、手段和技巧，并且常常对动漫及动漫教育的认识存在偏差，教学质量难以得到保证，况且，由于专业人士往往不能作为专职教师跟班教学，所以，学校也就很难在短时间内建立起稳定的师资队伍和营造出和谐的学术氛围。

我们从对各院校动漫师资来源的调查中得知，有的是经过短期培训的初学者，有的是在动漫公司工作过一段时间的社会实践者，总体来说，这些院校的老师大都没有在动漫领域进行过一定的理论研究和教学磨炼，对动漫理论和教学的认知尚处于浅层次。

各大专院校虽然开设了动漫专业课，但是很少有代表该校在动漫理论和创作方面的杰出表现，老师"现学现卖"，必然导致学生专业知识薄弱、缺乏理论水平和实际动手能力。我们虽不能要求院校培养出来的每个学生都十分出色，但我们却有理由要求院校必须拥有合格的师资队伍，因为"师为教之魂"，而恰恰是在师资方面存在的欠缺成为国内动漫教育方面最令人担忧的问题之一。

【拓展知识】

孙立军

孙立军，男，1964年出生。1988年7月任教于北京电影学院美术系动画专业，1995—1997年担任北京京迪计算机图形图像有限公司(中外合资)总经理兼艺术总监，2000~2002年担任北京电影学院动画学院副院长，2002~至今担任北京电影学院动画学院院长，如图8-3所示。

孙立军教授在大型动画电影《小兵张嘎》中任总导演。《小兵张嘎》是孙教授汇聚动画学院优秀师生为创作核心，耗时六年的力作，该片把现代的计算机动画技术与传统的中国风格绘画相结合，创作出这部全新特色的、时间长达90分钟的大型动画电影，影片具有鲜明的"学院派"风格，在学术和商业相结合上探索出一条积极的动画产业特色之路。影片即将在全国上映，样片在

图8-3 孙立军

试映时受到各界的好评，并荣获2005年中国电影华表奖。整个影片的创作和制作过程得到了中央电视台、凤凰卫视、中国电影报、北京青年报、北京晚报、新浪网和千龙网等国内主流媒体的广泛关注和报道。

孙立军教授培养了一大批中国动画界的优秀人才，为中国动画事业的发展，特别是数字动画的发展做出了突出的贡献，他所培养和指导的学生，在世界各地举办的动画节中频频获奖，为国家争得荣誉。

第二节　动漫教育与动漫产业

在目前中国动漫教育的现状和问题中，动漫专业火暴无疑是一个最值得关注的问题，因为这个问题不解决或解决得不好，我们就不可能培养和拥有优秀的动漫人才群体，也就难以快速、持久地实现动漫产业的真正繁荣与发展。

首先从产业的角度看，动漫制作由前期策划、中期制作和后期合成三部分组成，呈现中间(制作)大、两头(前期策划、后期合成)小的态势。前后两头需要具有较高文化和艺术修养的创作人才，而中间部分需要的是责任心强、动手能力强的制作人才。

美国、日本，甚至韩国，经过多年的发展，已经逐步将动漫制作的中间制作部分分离出来，发送到劳动力便宜的国家，中国就是其中之一。我国目前仍然是一个动漫产业刚刚起步的制作大国，这是我们必须正视的现实。中期加工是我国动漫业的优势，所以，无论是发展本国原创，还是与国外联合制片，甚至就连在做外加工方面，我国动漫业目前最需要的是数量巨大的中期制作人员。

当然，具有较高文化艺术修养的编导人才，也是动漫业所急需的，不过，这已经是一个老生常谈的问题了。另外还有一类人才，这就是长期被我国动漫教育所忽视的包括专业制片人在内的动漫市场营销人才。事实上，正是由于这类人才的短缺，才严重制约了我国动漫产业链的形成。可以说，相当数量的精于动漫市场的营销人才游走穿插于动漫产业的各个环节，是串联起我国目前缺环断链的动漫产业的关键之所在。

再从动漫教育的现状看，其不适应发展需要之处也是显而易见的。我国动漫教育从20世纪50年代起步，在实践中已摸索出一套适应于计划经济，并能为动漫事业培养所需要人才——极少量的编导——的教学体系和方法。据不完全统计，从1953年苏州美术专科学校开办动画专业到2000年北京电影学院成立动画专业，在近半个世纪中已为我国培养编导200人，他们在教学上以动画本体研究为主，设有"动画原理"、"运动规律"、"造型设计"、"场景设计"等侧重本体理论学习的课程，然而时代在发展，动画产业对人才的要求在变化，但全国各动画专业沿用的仍然是这套教学体系。

这种教学体系偏重于对学生进行理论修养的培养，而所缺乏的则是实际动手能力的训练。同时，由于它在教学实践中有强化动画艺术性、弱化或回避动画商业性教育的倾向，所以便容易造成学生缺乏对处于动漫产业中的动画本质的认识，以致在走上工作岗位后，他们既没有可以马上投入工作的编导能力，又蛰居于"艺术家"的象牙塔之中而不愿从事基础的动漫制作工作，其结果就正应了动漫公司给予动漫专业学生的评价——"高不成，低不就"。

从以上两方面的分析中，我们所得出的结论只能是：现行动漫教育理念和体系设置，基本上是与动漫产业发展的需要相脱节的，远不能适应形势发展的新要求。

近几年来，动漫产业受到国家和社会的广泛重视。在快速发展之中，动漫人才越来越成为制约我国动漫发展的"掣肘"。在各级政府的大力支持下，各地高校积极成立动漫专业，应该说，动漫教育迅速发展确实为解决我国动漫产业人员严重短缺的问题作出了贡献。但是，我们要清醒地认识到，动漫产业是动漫教育的依托，没有动漫产业何谈动漫教育，教育出来的毕业生又该去向何方？如果动漫教育不能与产业密切结合，切实做到紧紧围绕产业的需要培养人才，就不可避免地会出现"不适应"、"相脱节"和学校教育与社会需求"二元论"的现象。

第三节　动漫教育的人才培养

我们将动漫教育与动漫产业形象地比做毛与皮的关系，"皮之不存，毛将焉附"。所以，动漫教育必须自觉地将自己的工作目标纳入到动漫产业体系中，只有切实做到为产业培养人才，才能够在促进产业发达的前提下实现自身的生存和发展。

（一）培养具有较高文化修养的创作人才

动漫产业中所需要的具有较高文化修养的创作人才包括三类：剧本写作的文学型人才；形象、背景设计的美术型人才；精通视听语言的导演型人才。实际上这三种人才都是很难由四年的本科教育中直接培养出来的，尤其是剧本写作的文学型人才，因为这三种人才都不是一般的知识型人才，他们必须兼具艺术悟性、文化修养和丰富的实践经验和社会阅历。一般说来，修养可以通过勤奋得来；悟性除了部分天赋之外，更重要的来自于实践，而经验和阅历则唯有来自大量的实际操作。

作为文化商品的动画片，除了高超的艺术创作，更大程度上所依赖的是一系列周密的，操作性极强的具体策划和运作。首先，是对观众视看习惯的塑造和对当下观众欣赏品味的把握；其次，在于对若干个创作题材的把握和筛选；再次，市场调研系统所发挥的作用也不容小觑，细致的调查工作所获得的反馈信息往往是选题准确与否，故事、情节、形象是否需要修改和如何进行修改的依据，同时也是策划成功与否的保障；最后，还少不了强大的、多系统、立体化的宣传手段所造成的浩大声势及其对观众的感化与鼓动。

可以说艺术家的创作，实际上是在产业化操作的基础上完成的，或者说，创作本身就是操作的一部分，而成功操作很重要的一个因素，则是娴熟的技巧与成熟的经验。

深入考察我国现行的教学体制，我们会发现其中一个很大的弊病就是高中以前所有的教学都是"应试型"的，这种强制性的应试教育严重地束缚甚至是扼杀了学生的创造力。因此，通过四年的本科教育，想要将一个由应试教育培养出来的、满脑子模式化基础知识的高中生培养成为有创造力、适应产业化运作的动漫策划人才，其成功的几率是微乎其微。

鉴于以上这些原因，建议今后应主要通过研究生教育来完成动漫创作与产业人才的培养任务，研究生的招收对象主要应是那些具有一定生活阅历和从事文学创作、美术设计与电影艺术等相关工作经验的人，通过动漫本体和动漫产业运作原理课程的学习，使他们本身的专业和经验优势与动漫结合，进而提升其专业水平、素质与能力。

另外，在对高层次动画人才的培养中，还应该将课程设置的重点放在参与动画公司实际项目策划的实践课程上。目的是通过参与策划的全过程进一步强化和提高学生的实战能力。或许经过以上过程的学习，能够培养出经过短期产业锻炼就可以胜任工作的高级动漫创作人才来。

（二）责任心强、上手快的中期制作人才

我国现行动漫教育存在两个误区。一个误区是上文已经谈到的，许多院校至今还在采用与现代动漫产业不配套的传统的动画教学体系；另一个误区是，认为本科教育的功能和目的就是培养高端人才，也就是说目前大部分动漫专业，都在使用传统的教学方法培养"高不成，低不就"的编导人才。其所导致的后果必然是一种恶性循环，即一方面动漫产业严重缺员，另一方面动漫专业培养的学生找不到合适的工作。

如果现有的众多动画专业不能认清我国动画产业的客观情况，及时调整教学思路和教学方法，那么毕业生的出路问题也就将会越来越严重。有人调侃道，现在全国观众都在骂动漫制作，骂得动漫公司倒闭得差不多了，不过两三年之后，随着大批毕业生走出校门，却无处可去时，矛头就会转而指向动漫教育，到那时，现在红火的动漫教育就必将会成为众矢之的。

当前，本科教育的理念与以往相比，确实发生了巨大的改变，已经由精英教育变为大众教育，由学术教育变为职业教育。除少数重点大学外，绝大多数高校都在为社会培养职业性的实用型人才，而不是研究性的学术型人才，专业划分和课程设置越来越专，越来越细，这是大学教育为适应社会发展需要所做的理念上和实践上的调整，是高等教育不可逆转的、走向务实的大趋势，同时也是面向产业、面向世界、面向未来和面向现代化办教育的大思路和新成果。

动漫教育的大规模开展，实际就是这个趋势的产物。动漫教育者应该清醒地认识到，目前动漫教育的目的不是为小规模的动漫事业培养高级编导人才，而是为庞大的动漫产业培养动手能力强的实用型人才。（如上文分析，我国目前仍然是动漫产业刚刚起步的制作大国，中期加工是我国动漫业的主体优势，所以，无论从发展本国原创还是发展与外国联合制片，甚至仅从做外加工方面看，我国动漫业目前所需要的都是数量巨大的中期制作人员。也就是说，动漫产业需要动漫教育培养大量的中期制作人员。）

这个现实可能会让一些高校动漫教育者难以接受，但同时又不得不接受。这就要求其必须尽快转变观念，调整方案，提高认识，力争捷足先登地站在教学改革的前沿，做时代的先驱者和弄潮儿，如果还执迷不悟，仍然给每一个进入动漫专业的学生以虚无缥缈的幻想，他们的未来就很难说是光明的了。

为此特建议：在学生入学后首先要进行动漫产业教育，聘请业内各个环节有经验的人士给学生讲座，与学生交流，带领学生参观动漫公司和衍生品市场，浏览动漫制作的流程和了解动漫市场的情况，让学生对什么是动漫产业以及自己未来能够做什么都能有明确的认识。在教学中，除动画概论、原理课程外，一定要加大描线、加动画这样基础性和技术性环节的练习。另外，积极寻找与动漫公司的合作机会，从动漫公司引入正在制作的动漫片的中期加工部分，让学生实践，使学生在校期间就尽可能多地参与实际工作，为毕业后能够很快成为合格员工打下坚实的基础。

总之，只有在真正认清动漫教育的目的主要是为动漫产业培养所需人才并采取相应的配套改革措施之后，动漫教育才可能找到正确的教学方向，才可能设计出合理的教学体系和课程设置，也才能够真正实现与动漫产业的相偕成长、同步发展。

本章小结

近年来，动漫产业发展的带动和动漫创作需求的增大。国家对动漫业进行大力扶持，为社会搭建了一个巨大的就业平台，社会对动漫人才的大量而急切的需求，促使动漫成为大专院校的热门专业。各大专院校和社会培训机构由于看到动漫教育所产生的社会和经济的双重效益，都纷纷开设动漫专业。

然而我国现行的动漫教育所存在着的盲目性和功利性，以及由此所引发的许多弊端，如在师资力量和教学体系上所存在的缺失与不足等，特别是从近一两年的动漫专业毕业生的就业形势和实际工作中，已经愈发明显地暴露出了问题的普遍性和严重性。

在目前中国动漫教育的现状和问题中，动漫专业火爆无疑是一个最值得关注的问题，因为这个问题不解决或解决得不好，我们就不可能培养和拥有优秀的动漫人才群体，也就难以快速、持久地实现动漫产业的真正繁荣与发展。

动漫教育与动漫产业好比是毛与皮的关系，"皮之不存，毛将焉附"，所以，动漫教育必须自觉地将自己的工作目标纳入到动漫产业体系中，只有切实做到为产业培养人才，才能够在促进产业发达的前提下实现自身的生存和发展。

只有在真正认清动画教育的目的主要是为动漫产业培养所需人才并采取相应的配套改革措施之后，动画教育才可能找到正确的教学方向，才可能设计出合理的教学体系和课程设置，也才能够真正实现与动画产业的相偕成长、同步发展。

思考与练习

1. 说明我国现行的动漫教育存在哪些弊端？
2. 叙述如何进行动漫人才的培养？

参 考 文 献

[1] 方建国. 中外动画史[M]. 杭州：浙江大学出版社，2007.

[2] 乔东亮. 动漫概论[M]. 北京：高等教育出版社，2007.

[3] 谭东芳. 动漫造型设计[M]. 北京：海洋出版社，2008.

[4] 万众. 动漫基础教学[M]. 沈阳：辽宁美术出版社，2008.

[5] 王传东. 动漫产业分析与衍生产品开发[M]. 北京：清华大学出版社，2009.

[6] 陈凯. 动漫美术场景设计[M]. 上海：上海人民美术出版社，2010.

[7] 武立杰. 动画场景设计[M]. 北京：中国青年出版社，2010.

[8] 曹田泉. 动漫基础概论[M]. 上海：上海人民美术出版社，2010.

读者回执卡

欢迎您立即填妥寄回函

您好！感谢您购买本书，请您抽出宝贵的时间填写这份回执卡，并将此页剪下寄回我公司读者服务部。我们会在以后的工作中充分考虑您的意见和建议，并将您的信息加入公司的客户档案中，以便向您提供全程的一体化服务。您享有的权益：

★ 免费获得我公司的新书资料；

★ 寻求解答阅读中遇到的问题；

★ 免费参加我公司组织的技术交流会及讲座；

★ 可参加不定期的促销活动，免费获取赠品；

读者基本资料

姓　　名＿＿＿＿＿＿　性　别□男　□女　年　龄＿＿＿＿＿＿

电　　话＿＿＿＿＿＿　职　业＿＿＿＿＿　文化程度＿＿＿＿＿＿

E-mail＿＿＿＿＿＿　邮　编＿＿＿＿＿

通讯地址＿＿＿＿＿＿＿＿＿＿＿＿＿＿＿＿＿＿

请在您认可处打✓（6至10题可多选）

1、您购买的图书名称是什么：＿＿＿＿＿＿＿＿＿＿＿＿＿＿＿＿＿＿＿

2、您在何处购买的此书：＿＿＿＿＿＿＿＿＿＿＿＿＿＿＿＿＿＿＿＿

3、您对电脑的掌握程度：　　□不懂　　　　□基本掌握　　　□熟练应用　　　□精通某一领域

4、您学习此书的主要目的是：□工作需要　　□个人爱好　　　□获得证书

5、您希望通过学习达到何种程度：□基本掌握　　□熟练应用　　　□专业水平

6、您想学习的其他电脑知识有：□电脑入门　　□操作系统　　　□办公软件　　　□多媒体设计

　　　　　　　　　　　　　　□编程知识　　□图像设计　　　□网页设计　　　□互联网知识

7、影响您购买图书的因素：　□书名　　　　□作者　　　　　□出版机构　　　□印刷、装帧质量

　　　　　　　　　　　　　　□内容简介　　□网络宣传　　　□图书定价　　　□书店宣传

　　　　　　　　　　　　　　□封面，插图及版式　□知名作家（学者）的推荐或书评　□其他

8、您比较喜欢哪些形式的学习方式：□看图书　　□上网学习　　　□用教学光盘　　□参加培训班

9、您可以接受的图书的价格是：□20元以内　　□30元以内　　　□50元以内　　□100元以内

10、您从何处获知本公司产品信息：□报纸、杂志　□广播、电视　　□同事或朋友推荐　□网站

11、您对本书的满意度：　　□很满意　　　　□较满意　　　　□一般　　　　　□不满意

12、您对我们的建议：

请剪下本页填写清楚，放入信封寄回，谢谢！

| 1 | 0 | 0 | 0 | 8 | 4 |

贴　邮
票　处

北京100084—157信箱

读者服务部　　　　收

邮政编码：□□□□□□

技术支持与资源下载：http://www.tup.com.cn　http://www.wenyuan.com.cn

读 者 服 务 邮 箱：service@wenyuan.com.cn

邮 购 电 话：(010)62791865　(010)62791863　(010)62792097-220

组 稿 编 辑：章忆文

投 稿 电 话：(010)62770604

投 稿 邮 箱：bjyiwen@263.net